六つ葉のクローバー

ひとひらの夢を

照山雄彦
Teruyama Yuhiko

朝日新聞出版

目次

装幀　神田昇和

六つ葉のクローバー　ひとひらの夢を

序章

僕は都会に行きたかったがお金がかかるので、両親に負担をかけないために、家から通える大学を選んだ。都会に出たいというあこがれは消えることがなく、両親を説得して、一九九八年、大学を卒業して都会に就職することが出来た。運送会社で総務部に配属されたが、半年もたたないうちに、上司から田舎へ、それも茨城県の小さな町の支店に行くように命じられた。

都会での生活にあこがれていた僕の落胆はどんなものであったろう。嫌々ながら承諾して、あたふたと荷物をまとめて上野から特急列車に乗った。

幾つもの大小の川を渡り、平野の中を一時間半ほど走ると、太平洋の荒海が切り立った崖に打ち寄せている土地に出る。路線中程の駅で降りると、遠くには県境の阿武隈山脈が連なっていた。

この町は平野が少ないため農業に適している土地ではないのだが、二、三の大きな会社が海沿いにあって、そのために栄えた町と聞かされていた。しかし来てみると、駅の周辺は閑散として、目抜き通りを挟んだ両側はシャッターを下ろしている店が目についた。週末なのに通りを歩いている人の姿は、ほとんどといってなかった。町を離れると、田畑が二十数軒の家を取り囲むように広がり、一つの村を作っている。そして、村と村を繋いでいる砂利道が帯のようにくねくねと延び、いくつかの村がなだらかな勾配に沿って山麓まで点々としている。このような風景を目にしながら、自分が生まれ育った東北の田舎とそれほど変わらない土地に来たことを思うと、また感慨深いものがあった。

到着したその足で支店に挨拶に行き、手配されたアパートを訪れた。ドアを開けると窓にはカーテンが掛けられて、六畳の部屋にはベッドが置かれていた。台所の隅には、僕が送ったダンボール箱が数個置かれている。家事などしたことのない僕だが、とりあえずコップや皿など最低限必要な物を取り出して食器棚に並べた。それから町に出て、身体の調子がよかったのか、安い酒をつい大量に飲んでしまった。

朝になってカーテンの隙間から陽がうすうすと注いでいるのに気がついた。

布団をはねてベッドから起き出し、コーヒーを沸かそうと台所に行った。

ふと足元を見ると、正方形の床板が他と色が違っている所に気がついた。どうしてここだけ？　気づいてもよさそうなのに気づかなかった。不思議に思ってその板を引き上げると、収納になっていた。

そこに入っていたのは、埃《ほこり》をかぶった料理の本だった。『家庭で作る料理』とか『簡単な料理』などだ。色あせた本の傷み具合からは、よく使われていたことがわかる。

そして、分厚い花模様のノートが目に入った。本に隠れていたので、さほど埃がついていない。手に取ってパラパラとめくり、最初のページを開いた。きれいな字で書かれており、おそらく女の人の字だろうと察しがついた。

そういえば隣に住んでいる人に挨拶をした時、以前は若い夫婦が住んでいたようなことを言っていた。年齢はどのくらいの人が書いたのだろう。僕と同じくらいの人だろうか。好奇心が働き、それに人の心の中を覗《のぞ》いてみたい衝動にもかられた。

今日は仕事も休みだし、部屋で過ごすのもいいんじゃないか、と退屈しのぎにそのノートを読み始めた。

第一章　幼い頃

私が三歳になった頃だったと思います。記憶にあるのは母に手を引かれて海沿いの家に、後でわかったことなのですが、そこは母の実家でした、その家に連れていかれ、預けられたのです。「恵子、お願いだからここで辛抱してね」と言って帰っていく母の後ろ姿を呆然と見送りながら、この家で過ごすことになりました。日がたつにつれて段々と家の雰囲気にも慣れていきました。母の実家では両親はすでに亡くなっており、家には母の妹が、私はお母さんと呼んでいましたが、そのお母さんとおじさん、私より二つ上の女の子がいました。彼女の名前はさよりといって、私はお姉さんと呼んでいました。お姉さんはいつもベッドに寝ているので、それとなくお母さんに尋ねると、お姉さんは身体が弱く歩くこともままならないと聞かされたのです。お母さんがお姉さんの身の回りの世話をしていました。

お姉さんはほとんど言葉を話すことがなかったのですが、私が話しかけると、満面の笑みで口を懸命に動かし、話そうと擦れた声を出して応えてくれるのです。お母さんが茶碗によそったご飯をスプーンですくって口にあてると、お姉さんは大きな口を開けて飲み込み、目も顔の表情も普段ベッドに寝ている時とは違った笑顔を返すのです。お姉さんの笑顔はどうしたわけか、私までも心がほころんできます。笑顔って人の心を豊かにするものだ、と想いました。

私が五歳になった頃には、お姉さんに食事を与えることも出来るようになりました。ベッドから身体を起こしてトイレなどに連れていくことも出来たのです。家の近くの海に出たい時には、お母さんがお姉さんを背負ってゆっくりと歩き、砂浜に連れていきます。私は波に戯れたり砂で山を作ったりして、海が私たちの遊び場でした。

六歳になった三月の初めのことです。冬の間は風が強く、その風は北の大地から氷を運んでくるようにさえ思える日々を、家の中で過ごしていました。海で遊ぶことも出来ずにいたのですが、やがてその風も、北の大地から少しずつ暖かい空気を運んでくるようになっていました。

その日は朝から雨が降っていました。その雨さえも春を連れてくるように思えたのです。見覚えのある痩せた女の人が家を訪ねてきたのです。髪はぼさぼさで目はくぼみ、顔の青白い人でした。どこか人を受け入れなさそうな陰があって、遠くから私を見ていました。

「元気そうね、恵子。私がお前の母親よ。忘れたということはないでしょう？　ずっと気がかりだったけど……家に帰りましょう。ここはお前の家ではないのよ。これ以上お願いは出来ないわ」

お母さんからは、「預かっている」というようなことを聞かされてはいたのですが、それ以上何も聞いていなかったのです。今、目の前に立っている人が、そうです、母なのです。確か三歳だった頃、母にこの家に連れてこられたのを思い出したのです。

母から手渡された重い傘を肩にもたせかけて、大雨の中を何度も何度も振り返りながら、母に手を引かれてお母さんの家を後にしました。

これまで住んでいたお母さんの家の前には海がありましたが、私の生まれた家は十数軒の集落でその裏には山があり、町に出るまで延々と続く道に沿って田畑が広がっていました。町から遠い山奥のように感じ、この風景にも何となく馴染めなかったのです。

そのような私を見て母は、「私が病院を出たり入ったりしていたものだからね。二歳違いの一郎を見るだけで大変だったの。せめてお前だけでも、と三歳になってから妹に頼んだのよ。お前が小学生になるから呼び戻したの。妹には身体が自由にならない子がいるでしょう。これ以上頼めないわ」

母の言葉に納得はしたものの、まだ信じられないでいたのですが、「これが二歳違いのお前の弟、一郎よ。覚えているでしょう」と母に、膝の上に抱いた男の子を見せられたのです。

目の前にいる男の子を見て、私に弟がいたこともすっかり忘れており、ただ呆然と見ているに過ぎませんでした。

何日もの間、お母さんの所に帰りたい気持ちでいましたが、私の心を救ってくれたのは、納屋にいた一匹のヤギでした。恐る恐る近づき餌をあげると、嬉しそうに食べてくれます。頭をなでるとヤギは声を出して私に近づいてくるのです。動物の鳴き声も初めて知りました。さっそく母は私に仕事を与えました。それはヤギを納屋から出して庭の隅に連れていき、そこにある木の枝にヤギの首に巻いた紐をくくりつけることでした。ヤギはあたりの草をおいしそうに食べます。また紐を解いて、近くの草があるあたりまで連れていき、ヤギが食べる様子を見ているのです。食べることに飽きると、ぺたんと前足を折ってその場に伏せ、腹を地面につけてくつろぐのです。それを見てヤギに話しかけたり首に抱きついたり、草を編んでヤギの首に巻きつけたりして戯れていたのです。

日暮れになると、母がバケツを持ってきます。私がヤギの後ろ足を動かないように両手で摑《つか》み、母の乳搾りが始まります。乳がバケツに勢いよく流れ出るのです。草を食べてこのような白い乳になることの驚きといったら！　私には不思議でなりませんでした。

「もうこのへんでいいだろうね。今日も乳がバケツいっぱいになったね」

母の声で私は摑んでいたヤギの足から手を放します。

「夕ご飯前には、ヤギの乳をお腹いっぱい飲めるね」

「そうよ。これから夕ご飯を作るからね」

腕にバケツを抱えて母は行ってしまいました。私はヤギを納屋に連れていきます。私がこの家に来た日にも夕ご飯前にお腹いっぱい乳が飲めました。それはそれは、お母さんの家ではなかった味わいで、大変おいしいものでした。

第二章　父の暴力のはじまり

一

私の家は玄関から入ると、廊下に沿って障子がついた六畳の部屋が二つあり、突き当たりが台所です。二つの部屋は私と母、弟が使っています。台所の奥はガラス戸で仕切られた風呂場になっています。台所の隣には障子で仕切られてもう一つ、庭に面した十畳の部屋があって、そこは茶の間と呼んでいます。

茶の間は真ん中に座卓が置かれ、隅にはタンス、テレビと仏壇、それに小さな茶簞笥があって、この部屋は父が使っているのです。それぞれの部屋は襖《ふすま》で区切られていますが、襖を開けるとどの部屋にも行けるようになっています。

この家にもお母さんの家とは違った馴染めない暗い雰囲気があったのですが、何日かが過ぎる頃には段々と薄れていきました。

弟には話しかけたり、母からご飯をよそった茶碗を受け取り、それを食べさせたりしていました。このようなことはお母さんの家でも、お姉さんに同じことをしていたので慣れていたのです。

私たちがご飯を食べる頃になると、玄関の開く音がして父が帰ってきます。お母さんの家の、おじさんの足音とは違います。この家に来て何度も耳にする怒りを含んだ足音に、私の身体は震えます。茶の間から私たちを見つめる父の顔。

「この野郎」

まだ私の耳に残っていますが、そう言って近づいてきては、台所のテーブルを足でひっくり返してしまうのです。鍋や茶碗などテーブルの上に並べられた物がたたきつけられ、皿やどんぶりなどが床の上に転がり、殴られた母の髪から肩から、味噌汁の汁やヤギの乳がたれていました。

なすすべを知らない私は、目の前で起こっている有り様を、ただボウッと見ているだけでした。

母は、裏口から外の暗闇に向かって駆け出していきました。弟は台所で泣き叫んでいます。戸口から大声で暗闇に向かって叫んでいる父。その異様な雰囲気の中にいた私は、母がいないことで身に迫ってくる不安を、それはまるで嵐の中に一人でいるような恐ろしさを感じていました。泣きながら母の姿を求めて、家の前の道を裸足で探し回りました。

するとと母が、暗闇の中から現れて、私を引き寄せて抱いてくれます。私の冷たくなった足をさすりながら、「ごめんね、ごめんね」と哀れさを含んだ声で言っていました。

母は泣き止んだ私を、家の脇にある納屋に連れていきました。そこで音をたてずに待つのです。ヤギも寝ているようでした。割れるように泣いていた弟の泣き声も聞こえてきません。どうしたのでしょう。

いつまでも、いつまでも、身体が冷えてきますがそれでも待つのです。母は私を抱き寄せて、声一つ出すこともなくじっとしているのです。納屋の中で待つのがどのようなことなのか、私にはわかりませんでした。

「台所の電気が消えたわ。さあ、もう寝たようだから中に入ろう」

母の声に促されて裏口から忍び足で台所に入ります。電気をつけると、弟がテーブルに突っ伏して、片方の手にはスプーンを持ったまま、よだれと鼻水、涙を流して寝ていました。

二

四月になりました。入学式には今まで着たこともない服を身につけ、ランドセルを背負って、母に手を引かれて学校に向かいました。学校が始まったのです。

ある日、学校から帰り納屋を覗くと、ヤギがいないのです。母は、「いくら乳を搾っても、あの親父に捨てられてしまうんだから、もう諦めたわ。ヤギは人にあげてしまった」と言うのです。

もうあのヤギを見ることは出来ないのです。学校から帰っても、何かが失われた気持ちで過ごしていました。

家に帰ってきた父は玄関を閉める音も荒く、「この野郎、このバカども」と以前と変わらずに母に怒鳴っていました。母が弟を膝に抱いてご飯を食べさせている間は、父はニコリともしないで遠くからその様子を見ているのですが、恐れるあまり、私の手足は震えます。今日は機嫌がいいのかしら?と私の目は、父のちょっとした動作も見逃すことがなくなったのです。

この頃から、家の中で出す父の身体の匂いを感じ取るようになりました。

父は機嫌がいい時には必ず茶の間でテレビをつけて、座卓に置いたお茶をすすりながら、弟を呼び寄せて膝の上に抱いたりしているのです。私はそのような父を台所から、いつまた、何が起こるのだろうと、そわそわしながら見ていました。

弟を母に返した父は、ご飯を食べさせて寝かせるように言います。母は弟を抱き寄せてご飯を食べさせ、部屋に連れていきました。

それから母は、「食べなさい。お腹がすいたでしょう、私も一緒に食べるわ」と言って茶碗にご飯をよそってくれます。箸を持って食べていると、茶の間でテレビを観ていた父は、弟が寝てしまったのを確認して、立ち上がって母や私を睨《にら》んでくるのです。

「お前たちは、俺に夕食が出来たと言えないのか、俺には食べさせたくないのか」

茶の間から声が、恐ろしい声が聞こえました。異常に神経がたかぶっているらしく、こめかみに青い静脈が浮いて、腕を振り上げて身体から野獣のような匂いを発しながら、台所に迫ってくるのです。

父の足蹴《あしげ》りでテーブルの上の茶碗や鍋などがあたりに散らばります。逃げ遅れた母は、殴られるまま床に伏せています。それでも父は殴り、蹴飛ばします。母は、「お願い、やめて」と言いながら、父が腕を振り上げている隙に外に駆け出していくのです。

台所の電気が消えると納屋にいた母と私は裏口から入って、母が皿によそってくれたご飯を食べました。母は床にこぼれたものを片付けています。

咆哮《ほうこう》のような父の大きないびきが聞こえてきます。それに怯《おび》えながらも、私はご飯をちょっとだけ食べてから、部屋に戻りました。

三

朝、廊下を歩く足音で目が覚めました。さっさと起き出した父は、仕事着を着て朝ご飯も食べずに納屋から自転車を引き出し、会社に行ってしまいます。

台所にいた母が、私の部屋の障子を開けて起こします。それから母が作ったご飯を食べて、ランドセルを背負い学校に向かいました。昨夜、家の中であったことが思い出されます。すると、どうしても母の沈んだ顔が浮かんできて、自分自身のことのように気分が沈みます。目に映るささいなことに感じていた好奇心も消えていくのです。

学校までは私の家から歩いて二、三十分ほどの距離ですが、クラスの人たちはみんなカラフルな服装をして、楽しそうにしゃべりながら歩いています。

私の服装は、いつも同じなのです。ズボンなのですが、それも何日も身につけています。靴や靴下も何日も同じ物をはいています。それすら母は気づかないのか、私たちのことはいっさい気にもとめてくれません。人が着ている物をうらやましく思っても、服や靴を買って欲しいと頼むことさえ、母の沈んだ顔を見るにつけ言葉が詰まって、言えなかったのです。

もうヤギがいない、白い乳も飲めない。道ばたの草をむしってあたりに投げつけたり、空き缶を見つけては、それを蹴飛ばしたりしながら学校に行きます。

ふと、目の前にある小石を、腹立ちまぎれに蹴飛ばしたのです。するとその小石が、私の前を歩いていた中学生の男の子の足にあたってしまいました。

その男の子は立ち止まって、「何だ、何するんだよ」と言って、私を突き飛ばしたのです。私は倒れて道路の石で膝が擦れてしまいました。そこから血が滲み出たのです。倒れている私を見て、

「いいか、お前が悪いんだからな。同じことをしたら、今度は許さないぞ」

そう言い残して男の子は行ってしまいました。立ち止まって見ていたクラスの人たちも、笑って通り過ぎていきます。

私が悪いのはわかっています。でも、どうしても家であったことが心の底から離れないのです。昨夜も、それから数日前にも納屋で母と過ごしたことなどが、忘れようと思っても、また浮かんでくるのです。

学校に行っても楽しく過ごすことがどうしても出来ませんでした。家で起こっていることを誰に話して、気が休まるというのでしょう。

四

学校が終わると、「もう家に帰りたくない、お母さん、私を呼び戻してくれないかしら。

あそこはみんなやさしかったわ」、そのような気持ちが泉のように湧き上がってきます。

重い足を引きずりながら家に帰りました。夕方になると、自転車の音で父が会社から帰ってきたことがわかります。父は残業などしたこともないので、午後五時頃になると真っ直ぐに、どこにもよらず家に帰ってくるのです。

たまに隣近所の人と、玄関先で話しているのを見かける時もあります。それはまるで幼児のような無垢な顔をして言葉数も少なく、にこにことして聞いたり話したりしている父なのです。一方、何かを考え始めると、年寄りのようないかにも考え込んで思いあぐねるような顔付きになり、玄関のドアを慌ただしく開けて入ってくるのです。

部屋にいた私は落ち着かず、身体が震えるのです。台所にいた母に駆け寄り、とりすがります。

「ごめんね。今、夕ご飯を作っているからね。鍋から汁が飛んできたら火傷をするよ。テーブルの椅子に座っていなさい」

何事もなく茶の間に入ってきた父は、着替えてからテレビをつけて、風呂に入ります。

その間に母は、味噌汁の鍋や茶碗、それに二、三のおかずを盛り付けた皿を並べます。それから弟を膝の上に乗せて、ご飯を食べさせます。弟はゆっくりと口に入れて頬に米粒をつけて食べるのです。

風呂からあがった父は台所のテーブルの椅子に座り、テレビを台所側に向けて、それを観ながら食べ始めます。母は食べ終わった弟を部屋に連れていき、寝かせるのでした。

私は、「お腹がすいたよ。食べたい」と叫びたい。でも声が出ない。許されないことは私自身わかっていたのです。もしそのようなことを言ったら……、父が食べ終わるまで待っているのです。食べ終えた父が茶の間に入って障子を閉めるのを見届けてから母は、「食べようか」と声をかけてくれ、二人で一緒に食べ始めます。

真夜中に弟はぐずります。その声に驚いて、隣の部屋で寝ていた私も起き出してしまいました。

「何だ。うるさいぞ。何とかしろ」

茶の間から怒りを含んだ声が聞こえてきます。しばらくの間弟は泣いていましたが、布団から起き上がった母が弟を抱いて、泣き声を出さないようにあやします。すがるものがない私は、隣の部屋から這《は》っていき、母の膝を摑んでいました。

弟は父の声に驚いたのか、また大声で泣き出します。

「うるさいと言っているんだ。何度言ったらわかる」

そう言いながら起き出してきて襖を乱暴に開けた父は、母の背中を蹴飛ばします。荒い鼻息をまじえて、「こいつら……」、漏れ出るその声は野獣のような、まるで悪魔そのもののような声でした。

所構わず怒鳴り、相手のことを、「こいつら」とか「この野郎」という言い方は、お母さんの家や学校でも聞いたことのない言葉でした。その言葉にさえ、恐ろしい匂いがついているのです。

声を上げて泣いている弟の脇で、抵抗することもなく殴られるままに畳の上にうつ伏せになって、嵐が過ぎるのをじっと待つように動かない母がいました。

得体が知れない、この世にたとえようもない恐ろしいものが過ぎていくのを待つように、私は両手で母の服を摑み息を殺して涙をあふれさせ、父の様子を窺《うかが》っていたのです。

殴られるままに耐えていた母は、父が寝床に戻ったのを確認してから、弟を引き寄せ胸に抱きあやしながら、「ごめんね。こんな所で、お前たちを育てていかなければならないの。さあ、お前も寝なさい」と言うのです。母にうながされるまま、這っていって布団に潜り込みます。襖の向こうで母のすすり泣きがいつまでもいつまでも続き、私の耳の中に住み着いてしまいました。

母のすすり泣きを耳にしながら、「死」というものを感じ、心をえぐり出すような恐ろしいもの、とこの時初めて知ったのです。

五

開け放した窓からは、山から吹いてくる風が部屋の中にまで入ってきます。その風に起こされるように眠い目をこすりながら起き出しました。

父が仕事に出てしまうと母はゆっくりと起き出して、身体をさすりながらご飯を炊いて私たちに食べさせてくれました。毎朝ほとんどが卵かけご飯だったのですが、それでもおいしかったのです。

弟を膝に抱いて、「大きくなったら人をいたわる気持ちを持ってね。お願いだからね。それだけはお願いよ」、私にも聞こえるように言い聞かせていました。小柄な身体をさすり、乱れた髪のままで、腫れた瞼《まぶた》からは大粒の涙が幾筋も流れていました。

言葉が見つからず、朝ご飯も喉を通らないまま、ランドセルを背負って家を出ます。学校への道を歩いていると、あちこちの畦道にタンポポが咲いています。桜の便りも聞くようになりました。白い花桃やコブシが咲き、山手の方にはヤマブキソウが丘の斜面を黄色に染めています。柳が芽吹き、カツラの赤い芽が伸び、様々な花の開花前線が次々と訪れる季節です。私も何となく楽しくなっていました。

仕事から帰ると父はほとんど茶の間にいましたが、機嫌が良い日もあるのです。「お前たちも先にご飯を食べていいから」、そう言って、ニヤリニヤリと薄気味悪く笑ってテレビを観ているのです。昨夜は母を殴っていたというのに、その変わりようを不思議に思いながらも、ご飯を食べ始めたのです。弟と母、私も夕ご飯を食べ終わると、風呂に入りました。弟は風呂の中でおもちゃを持ち、水を入れて遊んでいます。髪や身体を母に洗ってもらい、本当にすがすがしい気持ちになりました。風呂から出た後は茶の間で、夜の時間までテレビを観ることが出来ました。

そのような時を母は見逃さなかったのです。

台所を片付け終えた母が茶の間に入ってきて、父の前に膝を正して座りました。

「結婚して何年にもなるのに、もうやめてよ」

訴えるように、乱れた髪で化粧もしていない青アザだらけの顔を父に向けていました。

「何を言ってる。バカが」

横目で母を見て、顔色を変えることもなくテレビに見入っています。

「寺に行って座禅もしているのでしょう。お願いですから、もうやめて……」

哀れさをともなった声音でした。私は怯えながら、父の様子を窺っていました。

「うるさい、黙れ。いいか、女は男に従っていればそれでいいんだ。わかったか」

それ以上言ったら殴るぞとばかりに額に皺《しわ》を作り、怒った顔を母に向けていました。

ゆらりと立ち上がった母は台所の椅子に座り、伏目になって、頬杖をつき考えにふけっています。

テレビを観ていた私は、弟を連れて茶の間を出ました。夢の中に父が出てくる時がたびたびあるのです。夢の中の父が物憂げに腰を上げて、身体をいからせ、死を引きずって、落ち葉のように音もなくそろそろと近寄ってくるのです。その恐ろしさは何にもたとえようがありません。足や手、身体全体が震えます。目が覚めると、夢であったことにほっとため息が漏れ出るのです。

襖を開けて母の部屋を覗くと、薄暗い電灯の周りには何匹かの虫や蛾が飛び回っていました。すやすやと寝ている弟の脇で母は、布団の上に何をするわけでもなく、ただ呆然と座っているのです。寝ようとすると、何かを呟《つぶや》いている母の声が、襖の間から聞こえてきたのです。私は眠い目をこすり、母の声に聞き入っていました。

「妹の旦那とは違うわ。どれほどのことを私が耐えてきたというのよ。子供は大きくなったからいいようなものを。私の胸の内をわかってくれる人がいたら、どんなにか気持ちが休まるのに……。妹は子供のことで病院にいるし、頼る人もいないわ」

ブツブツ独り言を言っているのです。顔を襖に近づけて覗くと、腫れた瞼を痛そうにかばい、力なくゆっくりと布団に横になっていました。

六

それから一週間ほどたったある日、私と弟にご飯を食べさせた母は朝からテーブルに頬杖をついて、じっと何事かを考えていました。そのことが学校に行っても浮かんでくるのです。「今日もまた……父が帰ってきたら……」と思うと、気持ちが沈んでしまうのです。クラスのみんなが校庭で遊んでいても、私は遠くから見ているだけでした。みんなと楽しく過ごしたい。一緒に遊ぶことでどんなにか気が楽になるでしょう。でも、どうしても気持ちが沈んでしまって、みんなと素直に楽しめなかったのです。

先生の言っていることが頭に入りませんでした。女の先生が黒板に向かっているのに、その姿が男のような大きな身体に見え、両腕を振り上げた父の怒った姿が浮かんでくるのです。教科書に出てくる絵の中の人物が、殴られて涙ながらに膝を折り、乱れた髪で艶のない顔を父に向けて両手を合わせている母の姿と重なってくるのです。

クラスのみんなの笑い声が聞こえると、身震いして身体がすくみます。給食の時間も、クラスの人の様子を窺いながら食べます。

学校から帰る道々に思うのです。「どうしたらいいの」、私の家には笑うという言葉がないのです。お母さんの家、あそこにはささやかな微笑が、笑い声がありました。それに、おじさんも、歩く足音さえもやさしかった。自然とお母さんの家への道筋をたどっていることに気がついて、立ち止まりました。

「行けない、お母さんは病院なんだ。それにお姉さんだって……。行っても家にいないわ」、そのようなことを呟き、足元で何気なく見つけた小石を手に取りました。

「助けて、お願い」とその小石に祈っていたのです。だって、祈る物がほかになかったのですもの……。

玄関を開けて台所に行くと、椅子に座っている母は、私が帰ったことに気づきもしません。乱れた髪を垂らして、腫れて脂っ気のない顔をさすりながら、頬杖をついてうつむいています。身体のあちこちが痛むのでしょう。私に気がつくとゆっくりと立ち上がって、

「昼間から寝ていたわ。もう夕ご飯を作る時間ね。あの親父に殴られるから……。お前たちもお腹がすいたでしょう」

そう言って、夕ご飯を作り始めます。そのような母を見ていた私の心には、寂しさに似たやるせなさがコケのように貼り付いていました。

父が台所で夕ご飯を食べている間には、「お前たちも食べていいから」という声がかからないので、私と弟は口に唾をためてテーブルの椅子に座り、父の食べる様子を見ています。弟も私も、どんなにお腹がすいても恐ろしくて声を上げることすら出来なかったのです。父

は私たちを見ても一言も言わず、ゆっくりと時間をかけて食べ、その後に私と弟は食べ始めました。

茶の間に行った父に母は恐る恐る近づき、か細い声で切り出します。

「もうやめてくださいよ。お願いだから」

すると、いつもと変わらない父の言葉が返ってきます。まだ腫れもひいていない母の顔の、瞼がふさがっているその目から涙が流れ出ていました。

その涙を父も見たのです。でも顔色ひとつ変えることなく、テレビを観ているのです。台所に戻った母は、私たちが食べる様子を見ています。

「どうしてこうも……まるで奴隷のようだわ。誰でもいいから、救ってくれる人はいないかしら……」

哀愁を帯びた疲労の声が、母から聞こえてくるようになりました。

「お母さん、お願いだから、もうこの家にいるのは怖い、家を出て逃げようよ」

私は父に聞こえないように言います。

「この家を出て、どこに行くというの？」

「どこでもいいよ。私、頑張って、お母さんを助けるから出ようよ」

母の服を摑みながら、食べることも忘れ涙声になって言いました。

「知っているでしょう。前に言ったはずよ。妹は病院。身体が悪い娘がいるでしょう。それに東京にいるおじさん、親父の弟だけれど、以前、村のお祭りの日にこの家に来てね。恵子は覚えているかな。お前に鏡を買ってくれたのよ。そのおじさんだって迷惑でしょうに……。お前は大きくなったら悲しみを分かち合える人になってよ」

目に涙を浮かべながら、母は膝に乗せた弟の頭を何度も何度もなでていました。

第三章　私の反抗

一

二つ違いの弟も小学一年生になっていたのですが、これといった祝い事もなく、暗い気持ちで日常生活を送っていました。

部屋にいると、いつものように自転車の音が聞こえてきました。この音は不機嫌のしるしだ。今度こそ私が殴られるかも。私の身体に恐怖が走り震えます。

それとも……、障子に張り付いて父の様子を窺っていました。すると、玄関のドアが閉まり廊下を歩く足音がします。この音は、私の部屋に来るに違いない。窓辺に寄ります。障子が音もなく開いたのです。そのわずかの間に、中庭に面している窓を開けて、私はすべるように外に出ました。

「バカ、死ね」

開け放った窓から、恐怖のあまりありったけの声で、部屋に入ってきた父に叫びました。今までの鬱憤《うっぷん》を吐き出したかったのです。

手に靴を持って塀の間をスルリと抜け、裸足で駆け出しました。靴だけは忘れないようにしていたのです。二、三日前も、私と母は裸足で外に逃げ出したのでした。足にできた血豆はまだ治っていなかったので、歩くととても痛かったのです。歩けないほどですから、靴だけは忘れないように窓の外に隠しておいたのです。

必死になって走り、息が切れて倒れそうになって足を止めます。大きく息を吐きながら駆けてきた道を振り返りました。手に持っていた靴を急いで履き、また振り返ったのです。

父が家の前の道路まで追ってきて、両腕を上げて叫んでいます。顔付きはよくわかりませんが、通りがかりの村の人が、驚いた様子で立ち止まって父を見ています。そのようなことにはいっこうに構わず、父はまさに飢えたライオンのようなうなり声をあげていたのです。

また走り出したのですが、鋭い痛みを足の裏に感じました。それでも走ったのです。やっと足を止めて振り返った時には、父の姿は見えませんでした。息を整えるには時間がかかりましたが、追ってこないかと背後に涙目を向けていました。人っ子一人歩いていない道にただ一人立っていたのです。恐怖よりも捕まらなかったことに安心し、痛い足をさすりました。死の恐怖から救われたのです。両目いっぱいにたまっていた涙が、ちょうどガラス窓をしたたり落ちる雨粒のように、筋になって頬を流れます。

涙を拭きながら空を見上げると、秋に入ったばかりなのにこの夜に限って、あたりから聞こえてくる虫の鳴き声もやみ、地面が凍りつくような冷え冷えとした夜でした。

月は出ていませんでした。嘘のようにたくさんの星は、見上げていると落ちてくるのではと思うほど、鮮やかに輝いていたのです。自動車も通らないし、歩いている人の姿も見ませんでしたが、どこからか犬の吠える声が聞こえてきました。

その声につられて、「どうして私に……そうなんだ。こんなことがあるから、私をお母さんの家に預けたんだわ。でも、どうして……」、ひとりぼっちということがしみじみと身に染みます。

流れる涙を拭き拭き歩いているこの道。この家に戻ってきてから何度、夜道を裸足で駆けたことでしょう。自分の靴の音だけが響きます。自分の足音ではないような、他の生き物の鳴き声のように感じられました。

お腹がすいたことに気がつきました。

どこかの家で食べ物を貰えないでしょうか。町に続く国道近くに一軒の家がありました。この家のおばさんは、時々、私の家に来て母と話し込んでいるのです。それに、私より一つ下の女の子がいます。玄関まで行ったのですが、恥ずかしさでドアをノック出来ずに、声を出すことが出来ませんでした。

それほど離れていない所には村のスーパーがあり、店に入るとわずかに客がいるだけでした。菓子をポケットに入れて外に出たのです。すると、店の人に腕を取られました。事務所に連れていかれて、「盗んだ物を出しなさい」と言われたのです。ポケットから菓子の袋を取り出してテーブルの上に置きました。

名前を聞かれ、「二度とこのようなことはしないように」と店の人に注意を受けてスーパーから出ようとすると、この店で働いているクラスメートのお母さんが、じっと疑いの目で見ていました。

空には流れ星が光り、音もなく虚空を裂いて、一条の筋を描いて消えていきました。星の群れがゆっくりと流れるように私の後についてきます。星の瞬きが増えるにつれて、空はいよいよ夜の色を深めていきました。

星明かりを頼りに、行くあてもなく歩いている私でした。今の私に出来るのは、涙を拭くことだけです。

家に帰ったら今度こそ間違いなく、あの母よりも酷く殴られる。背を丸めて死に耐えている母の姿が目の前に現れるのでした。

ポケットから小石を取り出して、それをなでながら、

「やだ、やだ、死にたくない。死って怖いもの」

何度も呟いていたのです。誰かが後をついてこないか、足を止めて時々振り返りながら歩き続けました。

「もう、どうなってもいいもの。好きだったヤギの乳も飲めなくなったし、でも……でも、どうして私が……。家に帰るのは嫌だ。お母さん、お姉さん、助けて。弟がうらやましい。家にいられるんだもの」

クラスのみんなは暖かい布団に寝ている、そんな情景が浮かんでくるのです。自分のみじめさがつらく、暗闇の中どこにも逃げ道がないという気持ちになりました。

闇はいっそう暗く、深みを増していきます。

「お母さんの家、何よりも静けさがあったわ。あそこにはもう行けない。でも許されるのなら、行きたい」

行く所もない私の人生、失った愛情、かなえられない希望、踏みにじられた誠意など、それらすべてが重苦しい巨大な塊となって、胸の中で大きく膨らんでいたのです。

涙を拭いてすすり泣きをやめました。足を止めて今来た道を見ると、自然に家への道をたどっていたことに気づいたのです。どこか寝る場所を探さなければ、という思いが脳裏をかすめます。

家の近くの道端から、電柱の陰に隠れるようにして覗くように家を見ました。目に入るのは固く閉ざされたドアで、鉄の塊のようです。玄関の電灯がついていて、台所のあたりから灯りが外に漏れています。その光が納屋の隅にまで届き、二つの影が黒く浮き上がっていました。あれは母と弟に違いない、でも弟までもが……弟を怒らない父なのに……。誰かにあたらないと、気が収まらない父なのです。私への怒りを母に向けたのでしょう。私が母を探し歩いたように、弟も母を追い求めて暗い夜道を泣きながら……？

いつだったか、私は母をかばったことがありました。すると父は、まるで野獣のような匂いを出して、私にまで殴りかかってくるようになったのです。

「いい、聞いてよ。どんなことをされようが刃向かってはいけないよ、父親だからね。でないと、お前が教えたんだな、と言って私が殴られるのよ」

母はそう言って、痛々しい、悲しそうな顔を私に向けるのです。母をかばってのことだったのに……。母の所に行ったら、またあのような母の顔を見るのだと思うと、近づくことが出来ませんでした。

塀で囲まれた隣の家を覗き込むようにしました。玄関の戸は閉められており、そのわずかな隙間から灯りが漏れて、菊の花の鉢植えを照らし出していました。

テレビの音だけが道路まで聞こえています。寝る所を考えていた私は、忍び足で隣の家の門から庭に入って、家の横にあった納屋に近づき戸を開けました。私の家の納屋よりも大きな納屋で、私は七歳の頃、たびたびここに入り込んでいたので、鍵が掛かっていないこともわかっていました。納屋に忍び込んだ私は、暗闇の中を、手探りで恐る恐る歩いたのです。するとと農機具に手が触れて足の脛《すね》に藁らしき物が当たったのです。犬など動物にとっては藁に寝ることが一番暖かいのでしょうが、私にはそれほど暖かくもないのです。それよりも困るのは、藁の中で寝ると、翌日には喉がいがらっぽく、鼻の中が真っ黒になっていることです。鼻をかむと、ドロドロとした黒い鼻水が出てきます。それが、何度かんでもなかなか取れないのです。このようなことはたびたび経験していました。私にとっては一番嫌な物なのです。それでも手を伸ばして藁の束を二つ三つ、足元に置いて、その上に身体を横たえました。すぐに眠気が襲ってきました。でも、うとうとと眠ると、目が覚めてしまうのです。

母はどうしているのでしょう。台所の電気は？　弟の泣き声も聞こえてきません。心配になって起き出し、恐る恐る戸を開けて道路に出たのです。

先ほどから霧雨が降っていましたが、洗い清められたようにすっかり晴れ上がってあちこちに星がまたたいていました。

家の納屋には影らしい物はなく、誰もいません。台所から漏れ出る電気の光を背にして、玄関の前には影のような何かが揺れ動いています。おそらく母なのでは……。私を探している……。でも行けない。どうしても行けなかったのです。悲しそうな母にすがることは出来なかったのです。

また隣の家の納屋に戻り、冷たくなった身体を折り曲げて眠りました。

夢の中では、私が空色の服を着てバラ色の帽子を被っていました。隣にいる白い服を着たお姉さんが笑顔を向けてくれ、手を差し出して、もみじのような私の手を摑むのです。

その時、何かの音で目が覚めたのです。誰かが納屋の戸を開けようとしているようでした。私は慌てて身体を起こし、さながら暗闇を見つめる猫のような目つきで身構えたのです。それは風が戸をたたいている音でした。私の思い違いだったことに胸をなでおろして、また横になりました。

時間がゆっくりと身体を包み、目のあたりが溶けるようになって瞼が閉じていきます。大きなゴツゴツした手が伸びてきて、私の肩に触れている。私を抱き起こすその手は、やさしく温かいものでした。安らかな気持ちになって夢の中にひたっていたのです。いつまでもこの平穏な時間の中にいたい。味わったこともないゆるやかな時間の流れが、動揺、不安、おしつぶされるような恐怖感を癒《い》やしてくれていたのです。

砂利道を自転車が走っていく音が聞こえ、ハッと目覚めました。新聞配達の自転車だと気づきました。外が薄明るくなってきたようです。光の筋が数本、戸の隙間から入ってきました。少しの間、目をつぶります。

お母さんの家に生まれていたら、ここに来ることはなかったと、そのような思いが泉のように胸中にあふれ出てくるのです。まるで荒野に一人でぽつんと佇《たたず》んでいるような寂しさが、透明な秋の水のように私の心の中に流れていたのです。

二

まだ明け切らない空に吹く朝の風が、ナイフのように冷たく薄着の肌を通ります。小鳥たちが巣から飛び立つ前に、ミツバチが巣を離れようと羽を温めている頃に、私は起き出しました。

ここにいるとよくない、そう思ったのです。見つかってたとえ怒られなくても、二度と来ないように言われたら……、これからもどのようなことが家で起こるのかわかりません。また逃げなければならないようなことがあったら、寝る場所がないのです。それに、この場所を父が知ったら、ここに来るかもしれない。それればかりではありません。隣近所の噂になったり、学校に連絡されたらどうしようと思い、見つからないように用心しました。

納屋から道路に出て家を見ました。玄関の電灯はついたままでした。それは幾分、朝の光を含んではいましたが、愛情もない青白い灯りのように感じ取れます。薄く照らし出されている玄関のドアにしても、他の家とは違って、温みのないドアのように感じられるのです。納屋に置かれた洗濯機の陰に隠れて、父が会社に出かける時間まで待ちました。しばらくすると家の前の砂利道を、ランドセルを背負って学校に行く数人が通りました。鞄を持って中学校に向かう上級生も見かけました。みんな楽しそうに歩いています。朝起きて服を着て、それから顔を洗い、白い湯気がたったご飯をおいしそうに食べて学校に行くのでしょう。なんとうらやましく思えたことでしょう。早く父が仕事に行ってくれないかしら。お腹もすいているし、薄着なのですもの。流れ出る黒い鼻水を手の甲で拭きます。

時間が過ぎるのがとても遅く感じられます。玄関の電灯が消され、ドアが開きました。一年生になったばかりの弟が、ランドセルを背負って家の前の道を駆けていきます。新しいランドセルが踊っているように見えました。温かいご飯を食べたのでしょう。「どうして私だけが」、弟をうらやましくさえ思います。

また生温かい、黒い鼻水が出てきました。手で拭き取り、それでも辛抱強く待ったのです。いつもより遅く、父が玄関を出てきました。

「このバカどもが……」

開けたドアから家の中に向かって怒鳴っています。そして納屋に来て、腹立たしそうに自転車を取り出すと、それに乗って会社に出かけました。隠れていたのが見つからなかった私は、ほっと胸をなでおろしました。それにしても、家の中で何があったのでしょう。私のことで……？　静かに、そっと家に近づき玄関を開けました。

母は手に何かを摑んだまま、怯えたように棒立ちで台所からこちらを見ていたのです。それから私だと気がついて、

「お前なの。よかった。また、あの親父が戻ってきたのかと……。あの親父、目を覚ましたら、悪い夢を見たと言ってね。朝から怒り出して……」

髪を振り乱した母は、身体を痛そうにしてテーブルの椅子に腰を下ろしました。

「いつ機嫌がいいのかわからないの。機嫌がいい日でも、それも長くは続かないからね。どこで寝ていたの？　寒かったでしょう。服を着て、それからお腹もすいたでしょう、温かいご飯が出来ているから食べなさい」

私は台所に行き、茶碗にご飯をよそって卵をかけて食べました。

「洗濯をしないと、また殴られるわ」と呟いて母は立ち上がり、台所の隅に置いてあった洗濯物を入れた籠を持ち納屋に行きました。

私はお腹がすいていたので、お腹いっぱいになるまで食べました。それから茶碗を洗い、部屋に入ってお母さんの家から持ってきた服を重ね着したのです。ランドセルを背負って玄関を出ました。黒い鼻水がまた出てきました。通りには学校に行く人の姿はもうありません。

学校には行きたくもありませんでした。

海に行こう。きっと心が休まるに違いない。だって夢にさえ出てきたのですもの。お母さんの家にいた時に、砂浜でお姉さんと遊んでいた海が、とぎれとぎれに夢となって現れていたのです。私とお姉さんが船に乗って……それも大きな白い船だったわ、すがすがしい心持ちになっていたのです。まるで幸福そのものでした。

小学校から歩いて十分ぐらいの所に中学校があります。中学校を過ぎて二十分ほど歩くと太平洋の海が、それが今、目の前に広がっているのです。青々として、所々に白い波を作って岸壁に打ち寄せる海。

崖の上に立ち、両腕を広げて身体いっぱいに潮風を受けました。遠くには水平線が見え、崖下の大岩には荒波が打ち寄せています。お母さんの家で過ごしたことが、懐かしく思い出されます。お姉さんと砂浜に出て、私は靴を脱ぎ波と戯れました。肌に触れる水の冷たさ。そして砂でお城を作ったりもしました。

その思い出も海のはるか向こうに、水平線のはるか彼方に、すべてが遠い遠い、はるかに遠いものになってしまったのです。

お母さんが病院に行っていると聞いているけど、きっとまた会えるわ。そのようなことを考えていました。

お腹がすいてきました。給食を食べに学校に行くことにしました。

学校の廊下を歩いていると、いつもよりどの教室も静かでした。教室のドアを開けて中を覗くと、机に顔を向けていたクラスのみんなが鉛筆を止めて、一斉に私を見ました。

「神田さん、いまテスト中なの。そこに立っていないで席に着きなさい」

担任の先生が言うのです。なかには私を見て指をさしたり、クスクスと笑う声やひそひそと囁《ささや》いている声を背に受けて席に着きました。

机の上に置かれたテスト用紙を手に取って問題を解こうとしたのですが、父や母のことが頭に浮かびます。昨夜あのようなことがあったので頭が混乱して、どうしても問題が頭に入ってこないのです。どうにか答えがわかった時には時間が来てしまって、思ったほど書くことが出来ませんでした。テスト用紙が先生の所に集められた時に男の子が、私がカンニングをしたと先生に言ったのです。先生は近寄ってきて、

「人のものを見てはだめですよ。それに近頃、神田さんは歩き方も少しおかしいし、何かあったの？」

と尋ねるのです。

カンニングなどしていませんが、クラスのみんなが私を見ていました。また黒い鼻水が出てきたので、慌てて拭き取ります。先生は涙を流している私に、

「何か悪いことをして怒られたの？　親が自分の子供を訳もなく殴ったりはしないものよ」

冷たい目を向けて、テスト用紙を持って教室を出ていきました。

「お母さんから聞いたけど、お前、スーパーで盗みをしたの」

先生がいなくなると、クラスの男の子が尋ねてきました。深いため息と驚きに満ちた声。非難めいた声が教室中で囁かれました。

待ちに待った給食です。何か言われないかと、クラスの人たちの目を気にしながら食べました。給食が終わると昼休みです。クラスのみんなは校庭に出てボール投げや縄跳びなどをしていました。

他のクラスの人たちにまでスーパーで盗んだことが伝わり、みんなに白い目で見られていました。

盗みをした私にはおしゃべりをする人がいない……。私は目立たないように校庭の隅の木陰の下にうずくまって、出来るだけ人目を避けるようにしていました。

そういえば、夢に出てくるおじさん、あれは？　鏡を買ってくれた東京のおじさんなのでは……。おじさんと手をつないで歩いていたわ。私はシンデレラのようにきれいな服を着て、楽しくお話が出来て、それに私が欲しい物は何でも買ってくれる。そのようなことばかりが浮かんでくるのです。

教室に戻ると私のランドセルに「バカ、臭い、泥棒、学校に来るな」と落書きされていました。お姉さんの身体がよくなる日のために、お母さんが用意していたのを貰った大切な物なのです。家に帰って雑巾で拭き取ればいいと思いましたが、下校時、私を追い抜いていく男の子が、「泥棒」と言いながら通り過ぎていきます。女の子たちが私を見て、指をさしてゲラゲラ笑っていました。村では私の噂が……。どのように扱われても、とズボンのポケットに入れておいた小石を握りしめて自分を力づけていました。

家に帰ると、いつものように母は両腕で頬杖をつき考えにふけっています。母を横目に、玄関でランドセルの落書きを拭き取っていました。それを見た母に、「お前は人様に好かれないから、そんなことをされるのよ」と言われましたが、どうすればクラスのみんなに好かれるのか、私にはわかりませんでした。

三

ある日曜日でした。昼頃にテレビを観ていた父が、「何だと、俺の悪口を言っただと！」、叫ぶように言って、茶の間の座卓を倒した音が私の部屋にまで聞こえてきたのです。家の中の空気を断ち切るような音でした。驚いた私は椅子から飛び上がり、急いで障子に近寄りました。

父が、まるでしこを踏んでいるような、怒りを滲ませた足音をたてて、茶の間から台所に入りました。

「それ、本当だろうな」

台所にいた弟に割れるような声で聞いています。

「そうか、あいつめ……」

外に出る裏口を勢いよく開けた音。とっさに私は、「母を助けなければ」という思いが湧いてきました。でも前に、母を助けるつもりで父に向かって「バカ」と言ったら、そのために母が殴られたのです。どうしようか。どうでもいいわ、とにかく母を助けなければ……、慌てて障子を開けました。台所では、何をどうしたらいいのか、当惑した表情で椅子に腰掛けている弟が私を見ています。弟を横目に、裏口から裸足で父の後を追いました。

「俺の悪口を言ったな。一郎から聞いたぞ」

納屋で洗濯をしていた母の襟首を摑んで押し倒す父。ドスのきいた声が私の耳にまで聞こえてきました。

「やめて、お母さんを殴るのは、やめて」

叫ぶように言いながら、裸足の私は、地面に伏せている母の前に両手を広げて立ちふさがりました。

「こいつら、女のくせに、俺に刃向かうのか、なめやがって……」

父は私の頬を殴りました。鈍い音。はじけるような音。倒れかける私。後ろから私の両肩を摑んでいた母の両手に支えられます。涙で霞んでしまい、目の前は何も見えなくなったのです。

頬の肉が崩れるような痛さ。泣き叫びながらもよろめき、また両手を広げます。命などはどうなってもいい、どうなっても。鼻水か血かわからない生ぬるいものが、どっと流れ出てきます。

腹を蹴られる。両手、両足が崩れる。母の力強い両手にしっかり身体を支えられている。顔中に鼻水、血も……、息が苦しい。口を大きく開けた。漏れ出るよだれ……。唇が震える。頬が震える。痛さもわからない。声が喉にひっかかって出てこない。

「このゲスどもが。会社でもそうなんだ。俺を悪く言ってよ」

声が飛んできて、片手で私を払いのける父。よろめく私。母の両手が強く肩に食い込んできた。目から火花が散る。音とともに頬が、唇が横に歪む。立っている足の感覚もない。

声……何かを言っている獣の声。

私はよろめいているようで、手も足もバラバラになってしまいそう。

「どいつもこいつも、腐れどもが……」

悪魔の声が去っていきました。

母の手から力が抜け、私は地面に崩折れました。喉を締め付けられるような、震えを帯びたうめき声が出ます。身体全体が溶けてしまうくらいに泣きたかったけれど声が出ません。倒れている鼻先に微かにコケのような土の匂いがしました。

「大丈夫なの？　見せて。こんなに血を流して、これは痛かったでしょう」

次第に意識を取り戻した私の耳元に柔らかい声。母の手が私の背中をさすっているようですが感覚がありません。雑巾で拭かれているような気がします。

母が私の顔に手ぬぐいをあてて鼻血を拭い取ってくれました。それでもまだ息苦しく、嗚《お》咽《えつ》が止まりませんでした。泣きたくても声が出ない。声も地面に染み入ってしまったかのよう……。

起き上がるまでには時間がかかりました。立ち上がれないのです。身体全てが自分のものではないような……。

母の腕が私の身体をしっかり支えていました。

「さあ、起きて、鼻血はすぐに止まるからね」

母に助けられてやっと立ち上がった私は、身体が痛くて歩けないほどでした。

玄関のドアを開ける音。

「お前がよけいな事を言ったからよ。父さんが冗談がわかればいいのだけれど……」

近くにいた弟に囁いているようでした。

「もう一度言うよ。あの男によけいなことを言ってはダメよ」

母の苛立った声がしました。

弟が、まるで暑さをかきたてるアブラ蟬のような声で泣いています。玄関先で倒れている私の顔や手足を手ぬぐいで拭きながら、

「さあ、大丈夫」

母に抱き起こされ、部屋に連れていかれました。畳の上に倒れ込みます。

母が押し入れから布団を取り出しました。そこに私の身体を横たえたのです。嗚咽も収まり、瞼が閉じていきます。意識が遠くに……。

しばらくすると、障子が開いた音がしました。もしやまた……もういい、殺せ、と開き直ると同時に恐れと不安な気持ちになりました。

「どれ、鼻血は止まったかな。大丈夫なの？」

母の声でした。布団をめくって私の顔を覗き込み、冷たい布で顔をなでるように拭ってくれます。

「ご飯を食べられるの？　大丈夫なら食べにおいでよ」

やさしい声で言いながら部屋を出ていきました。

どこからも、音らしい音が聞こえてきません。身体の痛みよりも眠気が勝り、瞼が重くなって目をつぶりました。茶の間から流れてくるテレビの音が襖を通して微かに耳元に届きます。その柔らかい音。やさしさを含んだ音で目が覚め、また眠りにつきます。

夜中に何者かが私を襲ってくる夢を見ました。慌てて私は布団から立ち上がり、夢だったことに気づいたのです。身体のあちこちに痛みを感じました。横になっても眠れないでいましたが、やがてまた眠気が訪れ、そのまま眠りにつきます。

するとまた、大きな顔をした、動物とも何とも見たこともない物が襲いかかってくるのです。私は逃げました。でも身体が痛くて走れません。追いつかれて、もうダメ、と思った瞬間に目覚めたのです。夢か、と窓を見たのですが、カーテンに閉ざされていて目に入るものは何もありません。

身体の痛みと恐怖で、何度も何度も目が覚めてしまいました。

四

窓の外から鳥の鳴き声がします。それはまるで生まれたばかりの小鳥の声のようです。また瞼が重くなり、深く、吸い寄せられるように目を閉じました。

「起きられるの」

障子を開ける母の声で目が覚めました。

「起きられるんだったら、起きてきて」

そう言って、母は障子を閉めました。

納屋の藁で寝るよりもこの布団、柔らかくて暖かいこの布団にどれほどのありがたさを感じたことでしょう。足を伸ばすだけでも痛みが身体中に走ります。それをこらえてやっとのことで起き上がると、着ているトレーナーにも、血やよだれの跡が点々と固まってついていました。乱れた髪のまま、机の中から埃をかぶった鏡を取り出しました。私には記憶がないのですが、この鏡は、私がお母さんの家に預けられる前に、東京のおじさんが村のお祭りで買ってくれたもので、ずっと机の中に入れたままでした。

埃を払い手に取って、鏡に映る自分の顔を見たのです。

「えっ、これが私の顔」

美人だとは思ってもいませんでしたが、そこに映っていたのは、見たこともない顔だったのです。

昨夜から目の周りや頬のあたりがほてって痛かったのですが、顔全体が岩のように腫れあがり、瞼も青くなって目に覆いかぶさるほどでした。唇までが二重に腫れて、まるでブタの顔のようでした。顔には生気があるとは言えず、首や肩のあたりから身体のあちこちにいたるまで痛みを感じていたのです。

この顔をクラスの人たちに見られたら……。先生やクラスの人たちばかりでなく、他のクラスの人たちにもどのようなことを言われていじめられるか。それればかりではなく、村や町中にも噂が広まるに違いないのです。

朝ご飯を食べようと立ち上がってみました。大丈夫、歩ける。服を着替えて血で汚れたシーツを持ち、痛む身体を引きずるように台所に行きました。そういえば物音には気づくはずなのに、父や弟が廊下を歩く足音にも気づかなかったのです。弟はすでに学校に行ったようでした。

「そのくらいでよかったわ。私は結婚してからずっとだったからね……。お前を妹に預けたのは、親父の暴力のせいなのよ。私だけではなく、お前までも……それが怖かったの」

私の顔を覗き込むように見ていた母は、湿った柔らかい口調で言います。

「学校に行ける？　行かせたくはないけれど。どうする？　殴るためなら理由はどうでもいい、何をするかわからない人だから」と呟きました。

椅子に座って顔も洗わずに、箸を持ってご飯を口に入れました。噛むと歯が痛いのです。周りの頬も動き、やはり痛くて噛めない。

「行きたくなかったら、行かなくてもいいのよ」

手を伸ばして私の顔をなでてくれます。

「痛そうだね。塩水で顔を拭くといいんだけれど……」

「行くわ。行けるから大丈夫」

クラスの人たちにどのように言われても、家にいるよりは人の中に紛れ込んでいた方が、少しでも自分の惨めさが紛れると思ったのです。それに父は、「学校に行けるのはありがたいことなのだ」と口癖のように言っていたので、学校を休んだことで先生から父に連絡されたら、同じことがまた……今度こそ間違いなくどうにかされてしまうと思いました。

ご飯はほとんど食べられませんでした。身体のあちこちが痛い。それでもランドセルを背負い靴を履き、玄関を出ました。玄関には、血ともよだれともつかないものがあちこちに、点々と残っていました。

道々、ランドセルが重く肩に食い込みます。歩くたびに身体中が痛みます。身体の筋肉がひきつっていました。足を引きずりながら、うつむいて髪で顔を隠し、歩いていました。

隣のクラスの人たちが集団で、楽しそうにしゃべりながら学校に向かっていました。身体が緊張し、立ち止まりました。重い瞼の奥から楽し気な笑みを浮かべて歩いているその集団を見たのです。私もあのような笑顔で、喜びを身体全体で感じていた時があったかしら……。

すると、何人かが私に冷たい眼差しを向けながら通り過ぎます。

お腹がすいていたので近くの公園で水を飲み、お腹をいっぱいにしました。そして、出来るだけ腫れが引くようにと顔に水をつけると、ヒリヒリします。

校門まで来ると、教室に入ろうか、どうなってもいいからこのまま帰ろうか、逃げだそうか、そのような考えが浮かんできたのですが、机に顔を伏せて髪を長く前に垂らして顔を隠すことにしました。これならクラスの人たちが気づくこともないでしょう。やっとのことで廊下を歩き、教室に入ることが出来ました。

身体の痛みを我慢してランドセルを机の上に置き、椅子に腰をおろしました。ヒソヒソと囁く声が聞こえます。髪で顔を出来るだけ覆い、下を向いていました。

「お前、その顔はどうしたの？　隠してもわかるよ。こいつの顔は酷いぞ。見てみろ」

後ろの席にいた男の子が教室中に叫んだのです。クラスの中が急に静かになりました。一斉に私へ向けられた視線を感じます。ポケットの小石を握り、悲しみに耐えていました。

「お前、また悪いことをしたから怒られたんだろう」

男の子が笑いながら言います。

「そうだ。また悪いことをしたんだよ。でなきゃ親は怒らないからね。先生もそう言ってたよ。いい気味」

そのような言葉が、囁き声や笑い声と一緒になって聞こえてきました。

「もう嫌、やめて」

声になりません。両手で腫れた瞼を隠すようにして机の上に伏せていました。

私の周りにいた人たちが、慌ただしく席に着きました。担任の先生が教室に入ってきたのです。

「先生、こいつ、悪いことをしたんだって。だからお父さんに怒られたんだよ」

男の子の太い声が聞こえてきました。

「あなた、その顔はどうしたの。悪いことをするから怒られるのよ」

先生の声が耳に入ってきます。クラスのあちこちから囁き声が聞こえてくる中で、私を見ている先生の顔が、半ばふさがっている瞼の奥から見えました。

授業中、頭には何も入ってきませんでした。水で顔を洗ったので顔がほてって、頭もボウッとしています。下を向いて座っているだけでした。

「神田さん、どうしたの。顔を上げなさい。また寝てるの。だめですよ」

どっと沸いた笑い声の渦の中で、私は言われるままに顔を少し上げました。

次の授業までの間、クラスの人たちには白い目で見られていて話しかけてくれる人はいませんでした。ポケットの小石を握り、出来るだけトイレに行くのを我慢していたのです。でも、もうどうなってもいい。給食になる前に、痛む身体を支えるようにしてトイレに行きました。トイレの入り口には、他のクラスの女の子たち数人が集まっていました。

「あなた、また盗みをしたのよね」

その中の一人が言ったのです。

「そうよ。出来が悪いからそんなことを考えるのね」

またその中の一人が言いました。すると、あちこちから、

「そう、だから親に怒られるのよ」

私の耳に響きます。他のクラスにも知れ渡っていたことがわかりました。

教室に戻ってランドセルを背負い、昇降口で靴を履こうとしたところ、片方の靴に、「泥棒、死ね、もう学校には来るな」と書かれた紙切れが入っていました。それに、もう一方の靴がないのです。靴下のまま外に出て探しました。随分探して、やっと校門の所に投げ捨てられているのを見つけました。こんなことは何度もされていたので、驚くこともありませんでした。

給食だって、頬や歯が痛くて食べられないことはわかっていました。

「おい、帰るのか。帰ったらだめだよ。先生に言うぞ」

窓から首を出して叫ぶ男の子の声が聞こえてきました。殺されること以外に怖いものなど

ないのですもの。このまま家に帰ったら、あの父がどう出てくるか、母がどのように言っても……、考えると恐ろしい。心が休まる場所、どこか時間を過ごせる場所……。

とっさに浮かんだのはお姉さんと遊んだ海でした。

学校を出て海に向かいました。

このあたりは荒波で、危険な海です。もちろん夏は海水浴場にはなっていません。痛む足をさすりながら崖の上に立ち、草藪《くさやぶ》の中から海を眺めました。お母さんの家の近く、あそこもこのような所でした。

軽く指を触れたオルガンの音色にも似た波音を、風が運んでいました。どこまでも青い海。潮風が胸いっぱいに広がって、すさんだ私の気持ちを和らげてくれます。

草藪の上に腰を下ろしました。太陽は見えませんでしたが、水平線の近くに船が一艘《いっそう》見えました。もしやあの船は、と夢で見ていた船のように思えました。あの船に乗って遠くに行けたら、どんなにか素晴らしいでしょう。

母が言っていたことを思い出しました。顔を塩水で拭くと腫れが引いてよくなると。いてもたってもいられなくなり、崖を下りていきました。ランドセルを岩の上に置き、裸足になって岩の間のわずかな砂浜を歩きます。裸足で歩くことがどんなに嬉しいものなのか。このような感触は、お母さんの家の近くの砂浜を思い出させてくれます。砂浜に広がった波の泡に両足を浸しました。足の指が泡に吸い込まれていきます。足元がぐらついて、波にのまれそうになりました。痛みが薄れるような感じがします。

神様の与えてくれた魔法の水のように思えて、両手で泡をすくい取って、何度も何度も、顔に押し当てました。肌がヒリヒリしましたが、とても冷たく気持ちがよかったのです。これで少しは顔の腫れが引いてくれると思いました。

ふと見ると、右手の甲に青くアザが浮き出ていたのです。親指の付け根のアザを左手でさすっても、痛みを感じることはありません。母をかばった時の……、思い出したくもない、心が崩れます。足元には白い波がやさしくやさしく肌をなでています。私の心を波が救い上げてくれるようでした。

岩に腰を下ろして心に浮かんだことを、学校でのこと、家のことなどをすべて海に向かって話したのです。朝からまともに口に入れたのは水だけでしたが、お腹がすいても日が暮れるまで波と話をしていました。

また明日、来よう。もう学校には行きたくない。父も怖くない。この海と話しましょう。きっと遠くでお母さんやお姉さんが聞いているかもしれない。苦い涙もやがて温い、甘い涙に変わり、頬を伝って流れます。この海に、幸せをくださいとお願いしたのです。

瞼から幾らか腫れが引いたように感じられます。空にはうっすらと雲が漂っていました。

この時刻だと、もう学校では授業が終わって、みんな家に帰っている頃だと思いました。でもいくらかの不安がありました。それは学校から家に連絡されていたら……と。

ひとつだけいいことは、父も母も学校に来たことがないことです。母は父に殴られていた身体なので、出来るだけ人目を避けていたのです。ＰＴＡの会合や、学級の集まりに来たことはないのです。

肩に食い込むランドセルを背負い、靴を履いて家路をトボトボと歩き始めました。まだ身体は痛むのですが、顔の痛みは海水のおかげか、いくらかよくなったように感じました。

玄関に着いてみると、血とよだれともつかないものはきれいに洗われていました。ドアを開けると、もう日暮れだというのに家の中はガランとして暗く、物音ひとつしません。母と弟の部屋からも音ひとつ漏れてはきません。

部屋に入って、畳の上に腰を下ろします。それまで私を支えていた力が萎えて、ランドセルを投げ捨ててぐったりと畳の上にうつ伏せになりました。畳の匂いが鼻をつきます。この微かな匂いが心を柔らかく包んでくれます。

しばらくすると茶の間でゴソゴソと人の気配がして、母が私の部屋の障子を開けました。私はビックリして、うつ伏せのまま視線を向けたのです。学校から連絡が来て、抜け出したことが知られたのかと思いました。

「身体は大丈夫なの」

ぶっきらぼうな言い方でした。

「うるせ」

やっと出た言葉。何となく腹が立っていました。

「その言い方はよして」

怒っているような、でもあいまいな微笑を漏らして、湿っぽい歯切れの悪い口調でした。

「お前のために殴られたんだから」

そのような言葉が浮かんできたのですが、声にはなりませんでした。いつ消えるともしれない憎悪が、まるで濁った井戸水のどす黒い澱《おり》のように、私の混乱した心の中に沈んでいたのです。

「自分ばかりいい思いして、私だって限界があるんだから……」

言葉を飲み込みます。母は何か言いたそうでしたが、障子を閉めて出ていきました。

痛む身体を起こして窓を開けると、中庭には萩の花が咲いていました。山の背から差し込む夕日を受けて、まだ不確かな紅い色があかね色を帯びながら徐々に広がりだすさまを、ぼんやりと眺めていたのです。

右手の甲に青くアザが浮かびあがっていました。なでながら、このようなことばかりが毎日毎日、いったいいつになったら終わるのかしら……。そのような思いが漠然と浮かんできます。

突然、納屋のあたりで音が、自転車のタイヤのこすれるような音が、風に混じって流れてきました。あの音は……でも、いつもより早いわ。何かの間違い、いやそうじゃあない、もしかして、学校から連絡されたのでは？　部屋に入ってきたら……、身体が痛くても逃げなければと、窓に足を乗せたのです。それよりも玄関、廊下を歩く音を聞かなければと障子に張り付きました。台所からは裏口から入ってきた弟の声が聞こえていましたが、その声もやみました。先ほどまで窓の外で鳴いていた鳥の声までもが消えてしまいました。

弟が走って部屋に逃げ込みます。何とも表現しえない時間だけが、ゆっくりと過ぎていきました。まるで嵐が来る前兆のように静かでした。唾を飲み込みながら息を整えて、どうなるのか待ちました。五分がたち十分がたちました。

そして、玄関のドアを強く開ける音が聞こえたのです。ドスドスと廊下を歩く音。私の部屋の障子がわずかに揺れる。

「この音、いや違う。この音ではないわ。大丈夫」と思った私は、畳の上に横になりました。台所を通って茶の間に入った父は、座卓の前に腰を下ろした様子です。テレビの音が流れてきます。

「女は料理が作れないと。風呂は沸いているか」

テレビから流れる音に混じって、いつもと変わらない、太くぶつぶつ言う声が聞こえてきました。台所からは、母の歩く足音だけが近くに遠くに聞こえてきます。

「よかったわ。殴る時にはすぐにでも部屋に入ってくるから。学校から連絡がいかなかったみたい」と一安心しましたが、「殺すなら殺せ、もうそんなことなどどうでもいい」と思い直したのです。布団を引きずり出し、その中に身体を滑り込ませました。

相変わらずテレビの音が流れ、しばらくすると、「夕ご飯が出来たよ」と、いつもと変わらない母の声が二度、三度、聞こえました。弟が部屋を出て台所に行く足音がします。

私は、そのまま寝てしまいました。

五

人の中にいれば少しは気を紛らすことが出来ると思っていたのですが、クラスの人たちに何かと噂され、また嫌な一日を学校で送ることになるのかと、人の目を気にしながら歩いていました。誰かに見つかって学校や家に連絡されたら、それが噂になったら、と怖かったのですが、「もうどのようなことを言われても……」、それが私の口癖のようになっていました。

朝ご飯も食べずに、ランドセルを背負って家を出ました。公園で水を飲み、わずかに痛む足を引きずりながらゆっくりと歩き出すと足がひとりでに動き、小学校、中学校を通り過ぎて海にたどり着きました。昨日も何日か前もこの場所、崖の上に立っていたのです。昨日とうって変わって風を呼び、海は白い波をたてて吠えていました。潮風を胸いっぱいに吸い込みます。よかった学校に行かなくて。この場所が一番私の心を和らげてくれる。

私の足が、まるで天使に出会えた喜びのように震えだし、砂浜に出たいと言っているようでした。崖を下り砂浜に出て靴を脱ぎ、岩の上にランドセルを投げ捨てて波に誘われるように足を浸しました。

孤独感が薄れていきます。砂に散った白い泡が足をなでていく。一人ぼっちではない、一人ぼっちではないと言っているように、波がやさしく足に囁いているように感じます。青い海とくすんだ灰色の空、そのコントラストが、心の奥底にたまる深い悲しみを和らげてくれました。

どこか誰もいない国、そのような所で生活が出来れば……。あの水平線の向こうに、空の中に、身も心も吸い込まれていくような気持ちにもなっていたのです。すくい取った白い泡と砂が指の間から落ちていきます。

何度も何度も両手で泡をすくい、顔に押し当てました。ふと見ると、海につけた右手の甲の青いアザはなくなっていました。

授業が終わる頃だろうと思った私は、痛みをこらえてランドセルを背負い、立ち止まってはまた歩いて、人に見つからないように小学校、中学校を迂回して家に帰りました。家には誰もいなかったので、部屋に入って机の中から鏡を取り出してみました。自分の顔を見ることがとても怖かったのですが、恐る恐る鏡を覗き込むと、顔の腫れが思ったより引いていたのです。頬の痛みや、目の周り、唇の腫れも、少し引いたように思えました。

嬉しい気持ちが湧いてきました。顔に手をあててみる。まだ分厚い唇、瞼や頬のあたりには青くアザが残っていたのですが、やはり私の顔でした。

「鏡さん、これが私の顔ね」、そのようなことを囁いていたのです。

お腹がすいていたので台所に行きました。テーブルの上には、茶碗と卵焼きがのった皿が置いてあったのです。

母の茶碗や弟の茶碗、それに私の茶碗にしても、何度替えられたことでしょう。味噌汁を入れる椀、皿、どんぶりも、揃いの物はないのです。流しの棚にある鍋もあちこちへこんでいます。ご飯用茶碗でありさえすれば、誰がどれを使ってもいいようになっていたので、何も気にせずに炊飯器からご飯をよそって食べ始めました。まだ嚙むたびに頬や口の中が痛かったのですが、無理に押し込みます。食べ終わると部屋に入って、頬杖をついてぼんやりと窓の外を見ていました。

中庭の地面のコケが、沈みかけたわずかな夕日を精いっぱい受けていました。最後の光を吸い込むかのように、小さな白い花が揺れていたのです。

六

数日後には、まだ身体の痛みはあるものの、顔の腫れも、引きずっていた足もよくなりました。少しだけ、首筋に青くアザが残っているだけでした。私は嬉しくなりました。

夕食の時でした。恐る恐る台所に行くと、弟はテーブルにいて夕ご飯を待っていました。

「もうよくなったみたいね」

母の柔らかい声。この声には驚かされました。私はまだ、父にも母にも腹が立っていたのです。

「まだ痛いの。ご飯だってよく食べられなかったよ」

声にもならない声で呟いていました。

茶の間にいる父の様子を盗み見ると、テレビを観ながらニヤニヤと薄ら笑いを浮かべて、座卓の上に菓子の袋を広げて食べているのです。そういえば、帰ってきて玄関を開ける音にしても、廊下を歩く音にしても今日は違っていました。

そうなのです。父の給料日だったのです。給料日には父は必ず菓子を買ってきて、一人で食べているのをよく見ていました。弟でさえ黙って見ています。「食べさせて」とは決して言えません。そのようなことを言ったら、どのようなことが起きるか。怒鳴られ、殴られる。弟も私も、唾を飲み込みながら黙って盗み見ていたのです。ここずっと学校に行っていない後ろめたさもあって、自然と恐怖が身体を走ります。

「さあ、ご飯が出来たから食べなさい」

母は言いながら、父の様子を見ています。

「大丈夫」

呟くように言って、弟と私の茶碗にご飯をよそってくれました。

弟が食べ始めました。私も安心して母がよそってくれた茶碗を手にして食べ始めます。

父は食べ残した菓子袋を茶簞笥に入れ鍵を掛け、テレビを消して、何気ない顔で台所に来たのです。私の箸は止まりました。隣で食べていた弟も急にそわそわしだして箸が震え、顔を伏せている。

「子供がお腹をすかせていたものだから……」

母がテーブルについた父に、茶碗によそったご飯を出しました。むっつりしていた父は私たちのことを気にもかけずに食べ始めました。その様子を見ていた私も、上目遣いに父の食べる様子を盗み見ながら、再び食べ始めたのです。何も言わない父に安心したのか、母も父の隣に座って食べ始めました。

「どうしたの。早く食べなさいよ。片付けるのも大変なんだから……」

母に言われるままに、弟は箸を動かします。

「この野郎」

父の声。

すると、弟が大声を出して泣き始めました。泣き声と一緒に弟の手から茶碗が落ちて、皿の料理がテーブルの上や床にこぼれます。私は口を動かすのを止め、慌てて飲み込みました。弟の泣き声が響きわたります。今度は私が殴られる。急いで箸を置いて下を向きました。

「俺は小さい頃から食べるのがやっとだった。腹がすいても食えなかったのに、それがこいつはブタのように食って……」

一瞬、血の気が引くような恐ろしさを感じました。そっと上目遣いに父を見ると、顔は燃えるように赤く、目は鷹のよう。そうです。小さい頃に見た、目を剥いて摑んだ物を地面にたたきつけていたあの頃の父、六歳の頃のことを思い出したのです。あの時の顔付きで、身体から匂いを出して弟を睨んでいます。その変わりようといったらどのように表現したらいいのでしょう……。

弟が泣きながら部屋に逃げ込みます。

母も驚いた様子で慌てて茶碗を置き、流しから雑巾を取って、ご飯や壊れた茶碗などが散らばるテーブルの下に身体を入れ、床を拭きはじめました。

「このブタ野郎が」

口からご飯を飛ばしながら父は椅子から立ち上がり、握り拳を作って、「いつでもお前を殺すぞ」というように目をつり上げて、弟のいる部屋を睨み、それから私を睨んできます。

私は出来るだけ目を合わせないように、立ち上がって、さっさと部屋に逃げ込みました。

「よかった。私ではなかった」、ひと安心したものの、隣の部屋から弟の泣き声が聞こえてきます。その声には悲しみが滲んでいました。

「あいつら、食うことばかりで……」

茶の間から、テレビの音に混じって父の声が家中に響き渡っていました。

夜中にお腹がすいて目が覚めました。弟がまだ泣いているなら声をかけてあげないと……、でもどのような言葉を……。

弟の泣き声は聞こえてきませんでした。無理に布団を頭からかぶって寝ます。

第四章　東京のおじさん

一

部屋にいると、「話があるから台所に来て」、母の声がしました。台所に行くと、

「東京からおじさんが来るからね」

無表情の中にも幾らか迷惑そうな様子です。

「えっ、おじさん、おじさんって東京のおじさん？」

「そう。手紙が来てね。それが、今までに手紙や葉書一つだって来なかったのよ。もう忘れてしまったのかと思っていたわ。それが突然、生活の余裕も出来たので春分の日に墓参りがしたいからって、二日ばかり泊めて欲しいと書いてあったわ」

母から聞かされて、飛び上がって喜びました。これできっと嫌な怒鳴り声を聞かなくてすみます。一日だけでもいいから、この家の雰囲気から脱け出したいと思っていたのです。

「いつ来るの？」

鏡のことが思い出され、自然と顔がほころんでいました。

「手紙には二日か三日後、と書いてあったけど。まあ、来るのなら料理は何を作ろうかな。あの親父には良い薬なのよ。人がいると人間が変わるからね。ああ、そうだこうしてはいられないわ」

やおら母は立ち上がって、自分と弟の部屋の障子を開けたのです。

「あら、寝ていたの。この部屋でおじさんと一郎に寝てもらうわ。恵子はこの部屋をお前一人で使いなさいよ」

畳の上に寝そべっていた弟は長い前髪の間から瞼を上げて、頬のあたりをさすりながらじっと、苦い物を食べたかのような顔を向けています。

母は父が使っている茶の間との間の襖を開けました。

「ここにある物を茶の間に運ばないと。恵子、お前も手伝ってよ」

「何で、急に……」

眠そうな声で弟が言います。

「東京からおじさんが来るのよ」

私の声は自然と踊っています。

「おじさん？　おじさんって……」

探るような目付きをした弟は苛立った様子で尋ねるのです。

「東京に住んでいるお父さんの弟よ。家に手紙が来たの。二日ぐらい泊まるって」

自然と声が弾みます。

「恵子、話してないで、この服も茶の間に持っていって」

布団や和服など、こまごまとした母の物をすべて茶の間に運び込みました。茶の間の窓を開けて、母は掃除をしています。

「身体が痛いのに、これが終わったら洗濯をしないと。忙しいわ」

脱衣場のガラス戸を開けて、隅に置いてあった洗濯物の籠を手に取ります。

「そういえば、納屋にヘビがいたよ。大きかったけど、ネズミでも食べに来たのかね。恵子、この籠を納屋に持っていって洗濯をしてよ。あの親父は、毎日洗い立てを着ないと怒り出すからね。あちこち身体が痛いの。お母さんを助けると思って、頼むよ」

今までにない匂いを身体から出しています。めったに人が家に来ることはなかったのですが、人が来ている時に父が出していた匂いと同じ匂いなのです。

「聞いているの？　いい？　乾いた洗濯物は畳んで、お父さんの物、お母さんの物と分けて茶の間の籠の中に入れてよ。早くお前が中学生になってくれないかな」

幾分うわずったような声で言うのです。テーブルの椅子に座って身体のあちこちを痛そうにさすっている母を見た私は、言われるままに洗濯物の籠を持って納屋に行きました。

夕方、会社から帰った父は、母と同じ匂いを出してあいまいな微笑を浮かべ、夕飯を食べていました。このような匂いを出すなんて、と不思議な感覚で見ていました。

きっと今日は気分がいいのだ。いつもの匂いとは違う。母もそのように見て取ったのでしょう。いつも夕ご飯には真っ先に台所に来る弟が部屋から出てきません。母から、弟に声をかけるように言われました。私と母が食べているそばに座った弟は、父の食べる様子を見ているだけで、目の前にあるご飯を食べようとしないのです。食事を終えた父が、茶の間に入ってテレビをつけました。父の様子を見届けてから、おずおずと弟は食べ始めたのです。箸を持つ手を休めては、目だけは気を緩めることなく、テレビに見入る父に注がれていました。

布団に入って眠くなるまでの間、考えるのは、家の中の雰囲気が今までと違っていることです。父はいつもと違ったやさしい口調で母に話しています。それにほとんど台所にいる母も、夕食後、茶の間で父と一緒にテレビを観ているのです。

その変わりようはどうでしょう。ついこの前だって弟に怒鳴り散らしていたのに……。私にだってそう、怒鳴っていたのに……。

父と母が同じ部屋で過ごすということは、二人の心が変わるということかしら……。

二

待ちに待った日曜日が来ました。おじさんが来る日です。

父はいつもと変わらずに茶の間にいましたが、母は髪を整え、薄化粧をしていました。卵形の顔は幾らか皺を隠していて、年齢よりも若く見えます。どうしてこんなに変わるのでしょう。言葉遣いまで変わっています。人が来るというのはそういうこと？　わからない。不思議に思いながら遠くから見ています。身体から化粧品でもない、なんとも言い表せない匂いをプンプンと出しています。弟も穏やかな表情をしていました。

「洗濯した物を着るように。人が来た時に恥ずかしいからね」

私たちの服装など関心がない母が珍しく、弟に乾いたばかりのジーパンとジャージーを着せていたのです。私も洗ったばかりの上下のトレーナーに着替えて、みんないつもと違って朝からそわそわしていました。

私も何となく落ち着かず、玄関を出たり入ったりしていました。母から言われた洗濯物と、ついでに私と弟の洗濯物を洗濯機に入れて、洗い終わると納屋の入り口に置かれた竿に干していたのです。

昼過ぎに、家の前に黒塗りのタクシーが止まりました。残っていた洗濯物を急いで干して、道路まで駆けていきました。タクシーから降りてきたおじさんを出迎えていると、玄関から飛び出してきた弟が、おじさんのバッグを持って運んでいきました。

中背で白髪まじりの頭、大きな黒い目、血色のいい太ったおじさんの顔には微笑みが浮かんでいました。笑うと柔和な顔になって、父の落ちくぼんだ目と鋭い細い顔とは似ても似つかないのです。

台所に入ったおじさんは、茶の間でテレビを観ていた父と母に挨拶をします。母はゆっくりと茶の間から出てきて、このような遠い所まで来てくれたことをねぎらいながら、おじさんに軽く頭を下げました。父は艶のある笑顔を向け、身体全体で人格者らしく見せようとしています。

二日ばかりお世話になるからと言って、おじさんは台所の椅子に腰を下ろしました。私も弟も嬉しさのあまり、勢いよく椅子に腰掛けました。

母がお茶を出すと、おじさんは一口すすって、茶碗をテーブルに置きました。

「恵子に、それから、誰だった？　顔や首筋に傷があるぞ。ケンカでもしたのかな」

おじさんの声には無邪気な笑いが含まれていて、弟の頭をなでています。

「息子の一郎」

流しにいた母が静かに言います。

「そうか、一郎か。あの頃は一郎は生まれたばかりだったなあ。恵子も大きくなったなあ」

にこにこと笑みを浮かべて、隣に座っている弟の頭をなで、それから私にやさしく語りかけてくれます。

「恵子、おっちゃんを覚えているかなあ。何歳になった？」

「十歳になったわ」

「そうかあ、十歳になったか」

「うん、よく覚えていないけど、村のお祭りで鏡を買ってくれたのよね。お母さんが言っていたわ。今でも鏡は大切に持ってるよ」

自然と私の声も弾みます。

「そうか、覚えていないのもわかるよ。そうだった、鏡なあ、そうか、そうだったなあ。それにしても二人とも臭いぞ。一郎は髪も長いし、風呂に入ってないのかな」

口元に笑みを浮かべて、おじさんは私と弟を見ながら言います。

「お母さん、お願いだから一郎に床屋のお金をください」

母の無関心さを、この時とばかりにわざと大きな声で言いました。

「そうよね、忘れていたわ。床屋に行くお金をあげてもお菓子などに使ってしまうんだから、ダメよ。お金をあげますから行ってきなさい」

母は茶の間に行き、仏壇の引き出しから財布を取り出し、弟を手招きしてお金を渡したのです。弟はお金を、さも大事そうにポケットに入れて出ていきました。

そのようなことを一向に関心なさそうに聞いていた父は、テレビを観てニヤリニヤリと笑っています。顔の表情もそうですが、普段とは違う父の雰囲気に違和感を抱いていました。

「どうです。東京の景気は」

目だけはテレビを観ている父が、こちらを振り向きもしないで、いかにも芝居じみた口調で言います。

「すごい景気だよ。このあたりも駅前には人が大勢歩いていて、景気がいいみたいだね」

「そうだよ。こっちの会社も景気がいいからね」

「うちの店もそれなりに繁盛しているよ。それにしてもみなさん、変わりがなくて。こちらに来よう来ようと思っていたけど、やっと出てこられた」

おじさんの口調には田舎を懐かしむ気持ちが感じられます。溶けそうな笑顔です。その表情から滲み出るやさしさを感じて、私は吸い込まれそうになっていました。

「せっかく来たのだから、ゆっくりしていけばいいのよ」

口元を緩めて笑っている母を、久し振りで見ました。穏やかな微笑を眺めて、おじさんの匂いも感じられた私は幸福感を味わっていたのです。

その夜は、おじさんをまじえての夕食でした。母は今までに作った料理から、自信のあるものを作っていました。

床屋から帰った弟も、目だけは父の様子を窺いながら、満足そうな顔でテーブルに着きます。青々とした坊主頭が、それはまるで生まれたばかりの小鳥のようにういういしく見えました。茶の間から出てきた父もテーブルに着きます。母と同じ匂いを出していることに、私は気がついたのです。おじさんの身体から出る匂いも混じりあって、台所の中に漂っていました。

「田舎の料理はいいねえ。東京もいいけど、やはり味は田舎だよ」

箸でつまみながらおじさんが私と弟に向ける微笑は、家の中で味わったこともない温かなものでした。

父は見せたこともない笑顔を絶えず作りながら、料理には一切、無関心を装っています。母も平然と食べていました。

私と弟は食べ終わると部屋に戻りました。この出来事を私は心の中にしっかりと刻もうと思いました。おじさんが食べ終わったら流しを片付けようと思い、しばらくたってから台所に行くと、皿は洗われており、テーブルの上はすっかりきれいに片付けられていたのです。

おじさんは風呂に入っていました。弟は自分の部屋でくつろいでいるのでしょう。私はテーブルの椅子に腰を下ろしました。

「そこで何をしているの」

いぶかしそうに茶の間から母が尋ねます。

「何もすることがないからおじさんの後、風呂に入ろうと思っているの」

「そう、皿は洗ってあるからね」

父も母も寝間着に着替えてテレビに見入っています。こうして見ていると、二人の姿はなんと幸福そうなことでしょう。ついこの前までの父の暴力さえもが、嘘のように思えます。

おじさんの後に風呂に入りました。布団の中で思うのは、幼い頃の自分とそれからの日々です。似たような毎日で、単調さのために、どの出来事が後だか先だか区別がつかない日々を繰り返していたのです。けれども今日一日は家中が穏やかな声に包まれていました。温かく湯気がたった夕ご飯をみんなで食べることが出来たこと、このような日を、別世界に抜け出したことのように感じていました。

何よりも久し振りに風呂に入れたことで身体が温かく、幸福感に感謝することが出来て嬉しかったのです。弟も同じような気持ちだったのでしょう。私の部屋を覗き、

「風呂に入れたよ。気持ちがよかった」

にこにこした顔を向けてくれました。

これが家に人が来るということなの……。このような日が続くことを……。

弟とおじさんが寝ている隣の部屋からは、おじさんのすこやかな寝息以外には何の音もしません。不思議なことに父のいびきは聞こえてきませんでした。

とてもふくよかな夜でした。

三

随分と静かな朝を迎えることが出来ました。台所の方で、何やら物音が聞こえます。手を伸ばして枕元に置いた時計を見ると、いつも起きる時間が過ぎていました。

起き上がらなければ。母は私に、朝早く起きるようにと言っていたのです。慌てて着替えて台所に行くと、母が朝ご飯を作っていました。

「えっ、私が食べたこともない料理を、それも朝に」

テーブルの上に皿に盛り付けられた料理が並んでいました。今までに見たこともない料理を見て驚いている私に、

「起きてきたの。顔を洗いなさい」

薄化粧をして髪を整えた母が、やさしい口調で私の耳元に囁いたのです。

「ついでに一郎も起こして。まだ学校に行くには時間があるからね。顔を洗って、それからおじさんはまだ寝かせておくのよ」

軽やかな声の抑揚に驚きながらも、言われるままに弟を起こしてから顔を洗い、それから朝ご飯を食べたのです。弟が起き出してきました。

母の身体全体からは絶えず、香水ではない不思議な匂いが出ていて、なぜか浮き浮きして見えるのです。母の表情はいつものようではありません。やや明るい瞳には安堵感が見て取れましたが、それでもいつもの憂い顔がすっかり消えたわけではなかったのです。母の、これまでに聞いたことがないような柔和な口調も、いくらか沈みがちに思えたのです。

「お母さん、あちこち身体が痛いはずなのに、おじさんが来てから、そう言うこともなくなったわ。それに、朝早く起きての料理、今までテーブルに並んだこともない料理、牛肉だってあったわ。普段私たちの朝ご飯は、卵かけご飯なのに……」

私と弟がご飯を食べていると、茶の間の障子が開いて父も起き出し、顔を洗って一言も言わずに、仕事着を着て玄関を出ていきました。私も弟もランドセルを背負って玄関を出たのです。

「こんなことってあるのかしら」

何度も何度も、学校に行く道々、私は呟いていました。いつもは弟も朝ご飯を食べながら、出かける父を恐る恐る上目遣いで見ていたのに、今朝はそのようなこともなく、おいしそうに食べていました。

学校の授業も、ボウッとしていて頭に入りませんでしたが、「おじさんが家にいる」と思うだけで、過去の嫌なことすべてが忘れられます。なぜか顔が緩み笑みが出て、楽しくなっているのです。そのような私を見てクラスの子が、いぶかしそうに話しかけてくれます。それにもやさしい口調で答える自分がいるのです。早く家に帰りたい気持ちが湧いてきます。

「これが私の家なのよ。家以外に心が休まる場所は他のどこにもないわ」

軽い足取りで急いで帰りました。玄関のドアも私を待っていたかのように見えます。

「あれ、おじさんはどうしたの。帰ってしまったの?」

おじさんの姿がありません。私は濡れた犬のようにしょんぼりしました。身体からすべての力が抜けていくようでした。

「もう帰ってくる頃だと思っていたよ。話があるからここに座りなさい」

和服姿に前掛けをした母が台所から声をかけてきたのです。髪をとかし口紅をつけて、化粧の匂いなのか身体から出る匂いなのかそこらじゅうに漂っていました。言われるままにランドセルを足元に置き、おずおずと椅子を引いて座りました。

「おじさんは墓に行っているけど、いいね、自分の家のことを他人に言ってはダメよ。おじさんにもね。家の恥になるからね。わかった?」

私を睨み付けて何度も言います。

「おじさん、東京に帰ったんじゃないんだあ。よかった」

「いい、今言ったこと忘れるんじゃないよ」

「わかったわ、それよりお母さん、身体は痛くないの」

「お前が洗濯をしてくれるから助かっているよ。これからも頼むよ、女は家のことが出来ないと」

ランドセルを持って部屋に入ったのですが、机の椅子に座って、「どうしてあれほど何度も言うのだろう」と、母から先ほど言われたことをしばらく考えていました。

鏡を覗き込み顔を見ました。手でさすってみる。顔の腫れもない。首にはひっかいた痕と青アザが、消えずに薄くあるだけでした。それに右手の甲の青いアザ、何かの時に浮き出てくるのですが、それもなかったのです。

玄関を開ける音。聞き慣れない静かな足音。おじさんの足音でした。

「墓参りの後、この辺を散歩してきたよ。小さい頃と比べると随分変わったね。でも、ふる里はいいなあ。それはそうと姉さんも元気そうでよかったね」

台所から聞こえてきたのです。それから聞いたこともない母の軽やかな笑い声。そういえば初めて聞くような母の笑い声でした。

「ゆっくりしていけばいいのよ。遠い所から来たのだから、骨を休めていってよ」

先ほどとは違って、いかにも芝居じみた口調で言っているのがありありとわかります。

「恵子はまだ学校から帰ってこないのかなあ」

「帰ってきましたよ。部屋にいます」

沈んで疲れたような声が聞こえてきた。

「恵子もあの歳で母親を助けているね。洗濯をしたりして、なかなか出来ないことなのに」

「洗濯ぐらいは出来ないと。この辺の村の子もしているのだから。それよりも、あの親父も、もう少しすれば帰ってくるでしょうから。機嫌がよければいいのだけれど……」

あれっ、私には洗濯をしてくれて助かっていると言ってたけど……。聞こえるか聞こえないくらいの声で同情を誘うように言っている。

「兄さんは年を感じさせないなあ。若いよ」

玉のように弾む声です。

「そう、あの親父も、足腰がたたないくらいになって寝込んでくれればいいのよ。それが人前では、神様のようになる人だからね」

機械的で露ほどにも温かみのない声。満たされることのない欲求不満を滲ませ、同情を求めるような湿っぽい口調です。

「そうだなあ、まだ殴ったりするの？」

打ち沈んだ声でした。

「そうなの。嫌になるわ。まだ両腕が思うように動かないのよ。やめてくださいと言っても直らないわ。私が殴られていても誰も助けてくれないわ……子供たちさえも……」

虫が鳴くようなか細い声。哀れな一人の女の姿を感じ取れますが、「私だって助けたでしょう。お父さんに殴られて。身代わりになったのよ。学校で嫌なことを言われたわ。それがもとで友達も出来ないのに……」、幾分腹が立ってきたので、椅子から立ち上がって窓を開けました。

「親父が早く死んで俺たちは苦労したよ。けれど、どうして人を殴るのかなあ。花屋をしていると、そんな話を随分客から聞くけど。兄さんは人にあたらないと気が済まない人だからなあ」

「そうなの。人に頭を下げることが出来ないのよ。あんな奴、ヘビにでも飲まれてしまえばいいのよ」

えっ、ヘビ？　ヘビと言ったわ。そういえば母は、納屋からヘビが出てくるところをよく見たという話をしていました。私は悪寒がするように、小刻みに身体が震えていたのです。

「あっはっは、ヘビか。ところで、姉さんの妹さんはどうしているの？」

快活な声も沈んでいきます。

「海沿いに住む妹のこと？　一郎が生まれた時には世話になったんだけど、亡くなってしまったわ」

「そうなんだ。亡くなったか、そうか、病名は何だったの？」

「それが難しい病名なのよ。治療が出来ない病気もあるからね」

「そうだね。で、確か、妹さんにも女の子がいたよね。どうしてるの？」

「妹が亡くなった後、旦那が子供の面倒を見ていたのだけれど、その子も亡くなったわ。生まれながらに歩くのもやっとだったからね。だから気の毒で行かないのよ。向こうも来ないしね」

そういえば、お母さんの家、母は何も話さなかったけど、そうなんだ……。いつまでもあの家にいたかった。静かで温かみのあった家。

「そうだったね。手足が動かなかったからなあ」

「そうなの。うちの子を見てよ。五体満足に産んでもらったんだから、もっと母親に感謝してもいいのよ」

何なの、あいつは。掃除や洗濯をしているのに。腹立たしくさえ思えてくるのです。

「姉さん、ここまで兄さんに尽くしてきたんだから、今度は子供のために生きたら。それがいいよ」

つとめて快活そうな声で言うおじさんの言葉に、いくらか慰められます。

「えっ、子供のために。それは……」

「だって、姉さん、子供は可愛いでしょう。愛情は子供に捧げたらいいよ」

重くもやさしい含みのある言葉で言い切ります。

「子供……、子供ねえ……」

喉の奥から絞り出したような最後の言葉は、聞き取れないほどの沈んだ声でした。

「そうだよ。俺なんか子供がいないんだよ」

「わかるけど……、私の母親は、子供は六歳になれば親から離れて一人前の人格を持つと、よく言っていたわ。勝手に育っていくんですって」

幾らか苛立っている母。あのようなことを言って、人がいると人格まで変わって。何だ、あいつ。私たちに何をしてくれたのよ。腹が立ってくる。

「十歳だよね。まだ子供だろう」

「母ばかりではないわ。そういう話を村や町の人たちからも聞くの。それに私は、幼い時には親から働かせられて、結婚して家から解放されたと思ったら、あの親父に理由もなく殴られて……病院に入った時にもあの親父は見舞いに来なかったのよ。楽しいことなど何もなかったわ」

今にも泣き出しそうな湿った声に変わっている。ああ、気持ちが悪い、でも人間って、こんなに変わることが出来るのかしら……。

「そうだったよな。骨を折って病院にいたものなあ」

幾らか鼻水をすすっているような声。

「私、ずっと考えて決心したの。あの親父も子供も、もうどうでもいいのよ。これからは自分のために生きるわ。自分のために」

「自分のためにね……」

おじさんの沈んだ声。二人の会話が止まります。沈黙が続きました。

「夕暮れ前に、ちょっと散歩に行ってくるよ。もう少しこのあたりを見たいからね」

椅子から立ち上がる音がしました。足音が聞こえたかと思うと、私の部屋の障子が開いたのです。窓辺にいた私は、驚いて振り返りました。

「恵子、まだ晩飯まで時間があるから、散歩でもしないか」

おじさんのにこにこした顔が障子から覗いていました。私は嬉しくなって、軽やかに返事を返して、おじさんと外に出ました。

風一つない静けさの中、歩いている村人の姿はありませんでした。家の裏に出て、山の方に向かいました。おじさんはにこにこと笑みを浮かべて、手をつないで二人並んで歩きます。私の手を握っているゴツゴツした温かみのある手。私にとって生まれて初めての体験です。こうして手をつないで歩いていることが、神様からのご褒美のように思えました。

以前、隣の家の納屋の隅に寝た時、夢に現れたのはおじさんではなかったの？　あの時もゴツゴツした手だったけれど、やさしい手だったわ。そのようなことを思い浮かべていたのです。

季節は少し遅れ気味だったのを取り戻すかのように、急速に春へと進み始めていました。少し高くなっている丘のような所でおじさんと私は足を止めて、草の上に腰を下ろしました。それからおじさんが、おもむろに話し始めたのです。

おじさんは健二といって、私の父、民雄と三歳違いです。自分がまだ小学生の時、兄は中学生になっていた。その時に、父親が亡くなり母親の手一つで自分たち兄弟が育てられたと言います。

「そりゃあ、なあ、親父が生きていればと何度も思ったよ」

涙をともなった声でした。私ばかりでなくおじさんにも悲しいことがあったのです。

「兄さんは中学を出てから町工場に勤めに出て、おっちゃんも兄さんと同じように中学を出て働き始めたんだよ」

振り向いて私の頭をなでます。

「どうだ。学校は楽しいか」

枯れ草の香りを含んだようなおじさんの匂いが感じ取れます。

「ううん、ちっとも」

首を振りました。

「そうか。そのうち、友達も出来て楽しくなるよ」

また頭をなで、遠くの方を見ています。

「おっちゃんの家は貧しかったからなあ。食べることが大変だった。それになあ、兄さんが中学を出て働きだして三、四年過ぎてから身体をこわして入院したから、おっちゃんが、その入院費用を払うためにもっと働いてなあ。あれはしんどかった」

涙ぐんでいます。ポケットからハンカチを取り出して鼻をかみました。

「お前のお母さん、サトさんは二人姉妹で、看護婦をしていてな。兄さんと四歳違いのサトさんとの出会いは、サトさんが働いていた病院に兄さんが軽い肺病で入院した時だった。兄さんが退院して、それからずっと二人は交際を続けていたからな」

しばらく何か考え込むように黙りこんでいましたが、あいまいな微笑をもらして再び口を開きました。

「あの時代は、村の男は三十前には結婚してね、女はもっと若かった。でもお金がなかったのだよ。それでお金を貯めてサトさんと結婚したのは、兄さんが三十五歳の時だった。村でも一番遅い結婚だったなあ」

おじさんの丸い顔が歪んだかと思うと苦笑いを浮かべて視線を下へ落とし、むしった草を指でもて遊んでいます。

しばらくして、また独り言のように話し始めたのです。

「兄さんは退院して結婚するまで、母親やおっちゃんにまでもいわれのない癇癪《かんしゃく》を起こしてなあ。何でかなあ。楽しい家庭の語らいはなかったなあ」

穏やかな横顔も、そこに刻まれた深い寂しげな皺も歪んでいる。私たちの上を鳥の群れが音もなく、すっと横切っていきました。

おじさんの沈んだ声が続きます。

「二人が結婚して母親と一緒に住み、おっちゃんは家を出て、近くのアパートを借りて住み始めたんだよ。それから母親が突然亡くなってなあ。あれは兄さんの暴力が原因だと思うんだが……。結婚してからは、サトさんに手を上げるようになったなあ」

おじさんは感慨深そうに、涙目で私を見ていました。

「それにしても、恵子にも良いところがあるだろう。どう?」

私の良いところは何だろう。人にそのようなことを言われたことがなかった私は、考えてしまったのです。

「うーん、何だろう。わからないわ。悪いところはいっぱいある。バカなのかなあ。お父さんがそう言ってたもの」

学校でいじめにあって、クラスの子からは「うんこ」「イヌのくそ」とか言われていた私なのです。

「そんなことはないよ。良いところもいっぱいあるよ。まだわからないだけだよ」

私の身体を引き寄せて両腕で抱き、私の頬におじさんのザラザラした頬をくっつけるのでした。それから両腕を離し、深いため息を吐きます。枯草の香りが混じったようなおじさんの身体の匂い。

「兄さんはな、ただ移っていっただけさ。つまり母親やおっちゃんを殴り、それが今度は嫁のサトさんに、そして、その子供にと、暴力の対象が移っただけだよ。理想ばかりは高く持って……」

おじさんの太った身体が丸く、子供のように小さくなっていました。

「恵子、お前の首や瞼のあたりが青アザになってるよ。それは殴られて出来たのだろう。隠してもわかる」

思わずおじさんの手を取りました。大人の手を見ると、恐怖でしかなかった手。外国人みたいにゴツゴツした硬い大きな皺のあるおじさんの手には、やさしさが滲み出ているのです。どこに行っても一人ぼっちの私が、今、こうしておじさんの手を握っているのです。

「どうして私にまで暴力を振るうの。嫌になる」

「可哀想に、子供たちにまで。その青アザ、手にもあるな」

私の右手を取り、薄く浮き出た青アザを両手でもんでくれました。

私の心が溶けていきました。このまま崩れそうになります。ぽろぽろと玉のような涙が、頬を伝って流れました。流れるに任せて、おじさんの手を握っていたのです。

長い沈黙の後、「生まれてこない方がよかったわ……」、私はややふてくされたような言い方をしたのです。

「そうかあ……」

しばらく沈黙が続き、それから話し始めました。

「こうして帰ってきたけど、昔を懐かしく思うよ。救ってくれるのは、このふる里の土の匂いと空気かなあ」

おじさんは猫背をいよいよ丸めているのです。

私も悲しくなって、拭いても拭いても涙が流れてきました。おじさんを悲しませたくはなかったので、声を出さないように、おじさんにわからないように涙を拭いていました。私が握っているおじさんの手の上に風に混じって木の葉が落ちてきました。おじさんはじっと遠くの方を見ています。その間にも、何度かおじさんは自分の手を私の頭に持ってくるのです。やさしく私の頭をなでてくれるおじさんの手。また哀しさがあふれてきます。

「兄さんもそうだけど、サトさんも人が変わってしまったなあ……」

独り言のように呟いている。

「さあ、これを受け取って。おっちゃんには子供がいないからな。これをあげるから」

湿っぽい声を抑えるようにして首から紐でぶら下げていた、ビニールで包まれた物を胸から取り出しました。

それは、小さな真四角の薄いボール紙の上に、茶色くなった小指ほどの小さい葉が何枚かついているものでした。すっかり色が変わった一つひとつの葉に、幾本もの筋が四方に走っていたのです。

「これ、六つあるよ。おじさん」

鼻をすすりながらも、思わず笑みが浮かびます。

「ああ、そうだよ。これは六つ葉のクローバーでね。おっちゃんが小さい時、このあたりで見つけた物なんだ。それからずっと胸につけていてね。これに幸せを祈っていたのさ」

「大切にするよ、おじさん。四つ葉は見つかるけど、なかなか六つ葉はないものね」

宝物を貰ったように嬉しかったのです。今までの哀しみがどこかに飛んでいったかのようでした。

「そうだよ、なかなか見つけられないよ。大切にしてくれるか」

そう言いながらおじさんは私の首に下げてくれました。

「人間は動物と同じでな。暴力は弱い者に向けるからな、親は子供に向ける。そして他人は弱い人間を攻撃するんだよ。恵子が人から恨まれないように、せめてこのような物に祈ってなあ。きっと、恵子、お前の前にいい人が現れて助けてくれるからなあ」

言葉をとめて、おじさんは悲しそうな顔を向けます。目の縁に涙がたまっている。

「だけど、いずれ人は死んでいくのさ。そしてまた生まれてくる。恵子は、今度生まれてくるとしたら何に生まれたい？」

おじさんの難しい質問に、なぜかわからないけれど、愛情のようなものを感じ取っていました。

「そうねえ、もっと違った家、静かな家に生まれたいわ」

「そうかあ、静かな家にか……」

おじさんの手が伸びてきて、私の頭をなでてくれます。やさしい、温かいおじさんの手。

「ねえ、おじさん、おじさんは、どうして東京に行ったの？」

少し前屈みで、わずかに視線を地に落としていた私は尋ねました。

おじさんは職場で知り合った女性と結婚したそうです。彼女の実家が花屋をしていて、彼女には兄弟がいなかったこともあって、その店を継ぐことにして東京に行ったということでした。

「苦しくなったら、いつでもおっちゃんの所、東京においで、可哀想に……」

私は鼻水をすすり、流れてくる涙を手の甲で拭き取っていました。目に映る田や畑、山の裾野を無数の黒い松が取り囲み、所々にある小さな山村を包み込んでいます。はるか遠くの町の向こう、海が見えるあたりにまで、なだらかな勾配を作って松林が延びていました。それらの上を滑るようにして光が流れます。前方の暗緑色の松林の間からいろいろな木々が夕日に輝いて見えるのです。

このようにほんの一瞬生まれる夕暮れはいつも見慣れているのに、こうしておじさんと二人で眺めていると特別に見えてきます。いつかこの夕暮れの景色が、私の心によみがえってくることがあったら、きっと生活の一つひとつをいとおしく感じるに違いないと、そう考えている自分がいました。

「おおーい」と呼んでいる声が聞こえてきます。弟が私たちに向かって息を切らして走ってきました。

「ご飯が出来ているって。風呂に入るように言われたの」

足を止めて息を吐きながら、弟は夕日に溶けそうな笑みを浮かべていました。

おじさんを真ん中にして弟と私、三人で手をつないで帰りました。人に触れたことがない弟も、おじさんの手を何度も何度も離しては握り、あげくは、その手を自分の頰にまで持っていきます。道々、おじさんはおとぎ話を話してくれました。このようなことは、今まで私と弟にはなかったのです。

家のドアが、私たちを温かく迎えるかのように開いていました。

父が帰ってきた自転車の音が聞こえました。弟の顔はこわばり、音がする方に首を曲げて探っています。それから逃げるように部屋に駆け込みました。一瞬、私とおじさんは顔を見合わせましたが、父が納屋に自転車を入れて、ニヤニヤした顔で近づいてきたのです。私もそそくさと部屋に戻りました。

「おや、兄さん、帰りが早いね」

おじさんの声が聞こえます。

「今日は早く帰ってきたよ。まあ、玄関先で話さなくても、道を通る人が見ているから茶の間で話そう」

「はいはい、今日は墓参りに行ってね。いろいろと昔のことが思い出されるよ」

快活に笑っている声が聞こえます。

「そうだな。昔と比べると、この辺も変わったからな」

廊下をばたばたと歩く音。

「おい、お茶持ってこいよ。いや酒の方がいいかな。それよりも風呂がいいなあ」

茶の間から聞こえる父の声も弾んでいます。テレビの音に混じって笑い声もまばらに聞こえてきました。父の匂いとニヤニヤした顔が浮かんできます。母が呼んでいる声がしました。

「もう夕ご飯は出来てるよ。お前はテーブルを拭いたら茶碗を並べて、それから一郎を呼んできなさい」

弟の部屋の障子を開けると、畳の上に仰向けになって寝ていました。おじさんは風呂に入っていたのです。

私と弟がテーブルに着くと、茶の間の父もテーブルに着き、話すこともなく黙々と食べ始めます。弟はおどおどした態度をとることもなく、好きなだけお代わりをして、頬にはご飯粒をつけて食べています。

風呂から出たおじさんが声をかけてきました。

「明日、帰るわ」

それを聞いた弟は、「俺、どうしよう」と呟きます。

「おじさん、もっといてよ。だってもう一日、いるんでしょう。散歩から帰る時にそう言ったじゃない。お願いだから」

弟は茶碗から顔を上げて大きな声で言います。箸を持ったまま、泣きべそをかいているような顔でした。

「何を言っているんだ。用事があって帰るんだから、また来ればいいよ」

容赦のない父の目がじっと弟に注がれているのです。母は疑い深い目付きで、父を探っています。何とも表現出来ない雰囲気でした。おじさんは弟の部屋から、手に財布を持って戻ってきました。

「また来るから。忘れていたけど、お小遣いをあげるからな」

テーブルに近づいてきて、財布の中から紙幣を取り出して私と弟にくれたのです。

「もっといて欲しいな、お願いだから」

「また来るから、なあ」

「そうですよ。ほんとにお前は、聞き分けがないのだから」

眉間に皺をよせた母の味気のない声。泣きべそをかいていた弟は涙をふきながらお金をポケットに入れて、また食べ始めます。

「大きくなったら東京に出ておいで、なあ」

おじさんはにこにこしながら、椅子を引き寄せて食べ始めました。

その夜も、弟の部屋からはおじさんの寝息だけが聞こえていました。

四

翌日、私と弟が朝ご飯を食べ終える頃におじさんが起き出して、にこにこしながら手を振って、私たちを送り出してくれました。学校でも身が入らずに心の中を風が通り抜けていくような心持ちで時間が過ぎていきました。

ひょっとしたらまだ家にいるかもしれない、と足を速めて帰ってきました。玄関を開けると何もないガランとした家。

「やっぱり帰ってしまったんだわ。東京のおじさん、もう帰ってしまったの、お願いだからまた来てね。そして私の頭をなでてよ」

五

東京のおじさんが帰っていつもと変わらない日が続き、一週間ほどがたちました。

「あんたに毎日のように殴られて。この鬼、ヘビに飲まれろ」

玄関から絹を裂くような鋭い声が聞こえてきました。家中に響き渡ります。眠たい目で布団から飛び起きました。

「うるせい、このババア」

外から声が聞こえて自転車の音がします。

「何だ。殴るなら殴れ、怖いものなどないわ」

一体、何が……。布団をはねて這っていき、障子をわずかに開けて玄関を覗き見ました。寝間着のまま髪はぼさぼさで、まるで幽霊が立っているような姿で母はドアを音高く閉めたのです。

「ほら、お前たちも起きろ。昨夜は悪い夢を見たよ、こうして夢に出てくるのは、あの親父が悪いからなの。それに身体が動かないわ。まったく」

障子から顔を出していた私を睨んでいる母。慌てて障子を閉めました。廊下を歩く足音も腹を立てているような歩き振りでした。急いで服に着替えて台所に行くと、茶の間の障子が閉められて、火の気がない台所のテーブルの上には何もありません。声に驚いたのか、弟も起きてきました。

炊飯器の蓋を開けると空っぽなのです。

「あの、ご飯がないけれど……」

恐る恐る弟が言ったのです。二人でどうしようかとぐずぐずしていると、いきなり茶の間の障子が開きました。

ぼさぼさのまま髪を垂らした母が、父と同じような匂いを出していることに気づきました。獣のような脂と汗の混じり合った匂いをさせて、私と弟を睨みつけているのです。

「そこにいないで。ご飯も満足に炊けないくせに。何も食べなくていいから学校に行け、もうお前たちにすることは何もないわ」

障子をピシャリと閉めました。

「子供なんか産まなければよかった。あの親父に殴られ続けて、いいことなんてなかったわ。これからは自分のために生きるんだから……」

吐き捨てるように障子の奥から聞こえてくる声。立ちつくしていた弟は部屋に戻り、ランドセルを背負って玄関から飛び出していきました。私もさっさと部屋に戻って、ランドセルを背負い外に出ましたが、東京のおじさんが帰った後の変わりようといったら！

それに、「あいつらのケンカで、どうして私たちまでが……」と思うとむかむかして、怒りが激しい波のように私の全身に押し寄せました。道路まで出てまた引き返し、玄関のドアを強く、思い切り強く開けました。

「何よ。どうして私にまで。お前を助けたのも忘れたのか。自分のことばかりで、嫌な匂いを出して。ババア」

私も閉じられた茶の間に向かって、乾いた声で反撃します。道路を歩いている人に聞かれても気になりませんでした。

「ババアだと」

障子を開ける音。後ずさりして道路に出ました。

「母親に向かって……あの親父が言うから子供まで真似して。この野郎」

唇を固く結んで血走った目を向け、幽霊のような恐ろしい姿で玄関に立って叫んでいる母。

「うるせ、朝から怒鳴って、お前こそヘビに飲まれろ、このババア」

張り裂けるような声を出して道路から怒鳴り返す。

「もう一度言ってみろ。学校でもみんなから嫌われて、何だ」

「うるせい」

「何だと、腐れガキが、家に帰ってくるな」

仕事に行く村の人や学校に行く人たちが、足を止めて見ています。きっと、学校でも噂になるに違いないのです。

「その格好、東京のおじさんに見せてみろ、ババア、死ね」

振り向いていつでも逃げられるように立ち止まり、これ以上出ない大声で怒鳴り返して、走って学校に向かいました。

まだ私の心は治まらないのです。父に殴られた顔を人に見られることを嫌がって、ＰＴＡの会合や学級の集まりに来たこともない母。大きくなったら人をいたわる気持ちを持つようにとか、悲しみを分かち合える人になってよとか、よく言っていました。それが、それさえもが崩れていくのです。

涙が出てきます。鼻をかみながら思わず、「畜生」とあたり構わず叫んでいました。学校に行く人たちが驚いて立ち止まり、私を見ています。どのような噂が村や学校に流れてもいい。教室に入っても気が晴れません。

「あいつの家はすごいぞ。朝から怒鳴りあっているよ、俺の家まで聞こえてきたよ」

クラス中で囁かれていたのです。ムスッとした顔の私。クラスの人たちには冷たい目を向けられています。

気を取り直して笑顔を作ってみました。すると、ちょっとは気持ちが安らぐことに気がつきました。クラスの人たちとの他愛のない平凡な会話。そのようなものを取り除いてしまったら、他には何も残らないような日々ですが、私にとっては大発見でした。二、三人のクラスの女の子が、私の笑顔を見て話しかけてくれます。それならば、学校では出来るだけ笑顔を振りまくことにしたのです。その方が少しでも自分を隠すことが出来ることもわかったのです。

授業中にはお腹がすいてグウグウ鳴っていました。隣の子が笑っています。空腹と恥ずかしさで、授業など身が入りませんでした。休み時間に水道の水を、これでもかこれでもかとお腹いっぱい飲みました。でもすぐにまた、お腹が鳴り出します。辛抱強く給食の時間を待ちました。お腹を満たすこと、それだけが頭の中をめぐります。

やっと給食にありつけました。クラスの人たちの食器の音に気を配りながら食べました。午後の授業は眠たくなって、机につっぷして寝てしまい、先生に注意されてクラス中の人に笑われます。

学校から帰るのも朝の出来事があって気が進みません。「家に帰ってくるな」と言われても、それでも帰らねばならないのです。

そうっと玄関を開けて部屋に忍び込みました。母は茶の間で寝ているようです。音をたてないように注意していました。

夕方帰ってきた父の足音はいつもと違っていました。

「もしや朝、あのように怒鳴っていたのだから、きっと仕返しが……でも私ではない、母に」と思ったのですが、父が私の部屋の障子を勢いよく開けたのです。身体から動物のような匂いをプンプンと発散して、部屋の中を探るように見ています。

「しまった」、逃げることが出来ない。目を伏せて机にしがみつき、「私ではない。私ではない」と繰り返します。父は、私をギョロッと睨み、弟の部屋との間の襖を開けました。

「何だ。寝ていたのか。こいつら、ガキども、朝からババアに怒鳴られてよ。職場でもいいことがなかったよ。これもお前たちが悪いからだ」

獣のように吠えて弟の部屋に入りました。

「こいつめ、会社ではみんな自分の息子を自慢しているのによ。よその子はみんないい子なのに、お前たちは屑でなあ」

言うなり父は、逃げようとする弟を摑んで頭を殴ったのです。倒れた身体を蹴飛ばします。割れるような弟の泣き声が聞こえました。私は足が震えて外に逃げ出すことも出来ず、まるで水の中から引き上げられた犬か何かのように身を震わせているばかりでした。父は私に近づいてきて、

「お前らは、俺を困らせてばかりいるんだ」

父に蹴られたのです。私は畳の上に倒れて椅子に頭を強くぶつけました。泣きたくても涙が出てきませんでした。

「何だ、その顔は。寝ていたのか、腐れババア。朝から俺を怒鳴りやがって、ふざけるなよ。

俺とあいつらとを同じにするな」

台所に行った父は母に怒鳴っています。

「まったく、どいつもこいつも。人に自慢も出来ないガキばかりだ」

今度は茶の間から叫んでいます。

泣いていた弟は、また殴られると思ったのでしょう。玄関に駆けていって靴を履き、外に飛び出していきました。

「何よ。その目付きは。殴るなら、殴れ、怖い物などないわ……」

母は殴られるのを覚悟しているような、キンキンした声で台所から怒鳴っています。

「うるせ、このバカ、何でも俺のせいにするな。俺はな、子供には、俺が人様からうらやましがられるような人間になって欲しいんだよ。そうすれば、俺まで人格が立派だと思われるの。それなのにあいつらは……」

一つひとつの言葉に力を込めて吐き出しています。茶の間の障子を閉める音。その音は石まで砕くような音でした。部屋の襖が揺れ、私は机にしがみついてぶつけた頭をさすっていたのです。それから窓を開けて、いつでも逃げられるようにしました。台所でゴソゴソ音がしていましたが、しばらくすると、

「ご飯が出来たよ。いつまで私にやらせるの」

母のいらいらした声が聞こえました。また殴られるのでは……。でもお腹がすいていたので台所に行きました。

「部屋で何をしているの？　悪い頭で勉強してもムダ」

苛立った声で母が言います。

父は風呂に入っていました。外に出ていった弟が、風呂の電気がついていたのを見たのでしょう。裏口の戸を音を立てずに開けて入ってきました。

「夕ご飯は忘れないね。食うことばかりで。早くそこに座れ」

顎を突き出して言いながら、母はテーブルの椅子に座って食べています。

「そこに茶碗があるから、自分で勝手にしろ」

箸で棚の茶碗をさします。私は棚から茶碗を出して食べようとしていたのですが、弟にもご飯をよそってあげました。弟が食べようとした時、風呂から上がって上半身裸でパンツ姿の父がこちらを見ていました。

「お前は、この家をどうするつもりだ。人様に自慢も出来ない」

目をつり上げて叫ぶ父。その顔を見ると命が縮むような思いでした。弟は立ち上がって口にご飯を入るだけ入れ、裏口から逃げるように外に出ていきました。

「この腐れが」

父が叫びながら追っていきます。

泣く声が聞こえてこなかったので、おそらく逃げることが出来たのだと思います。まだ八歳の弟なのに……。私には可哀想という感情があるにはあったのです。でも、それよりも恐怖が先走り、黙って見て見ぬ振りをする以外に、なすすべを知りませんでした。母の様子を横目で探るように見ると、どこかで起きている知らないこと、というようにいっさい関心がなく、台所に向けた茶の間のテレビを観ながらご飯を食べていたのです。

裏口から入ってきた父は荒い息を整えながら、

「こいつらガキどもが。会社では俺の悪口を言う奴らが、みんな息子を自慢して威張っているんだよ。俺には自慢するものがない」

ブツブツ言いながら、足を拭きテーブルに近づいてきたのです。まるで消えていた火が、風にあおられて一気に燃えあがったような激しい表情をして、身体から匂いを出し、その勢いの中から押し出すような口調でした。

私の箸が止まりました。いきなり父が弟の食べ残した茶碗を掴み床に投げたのです。その弾みで茶碗は欠けて、味噌汁が入った椀などが飛び散りました。

また殴られるのかと、恐怖と不安とで一瞬血の気が引くような思いで、私は箸を握ったまま下を向いていました。

「こいつらは、俺の苦労もわからないで、飯など食っていて、まったく」

そう言いながら茶の間の障子を閉める音。テレビの音が家中に響き渡ります。

「ほら、何をしているの。床に落ちた物を片付けなさいよ」

母が口を動かしながら、手に持った箸を向けて言います。私は茶碗を置いて立ち上がり、雑巾を持って片付け始めました。

テレビを消して障子を開け、服を身につけた父が台所に来て、テーブルの椅子を引き寄せて座りました。

「女だからといって容赦はしないからな。俺が言っていることはわかるはずだ」

「まあ、あなたが言うのもわかる気がするわ。人に自慢出来る子供だと、親も鼻が高いのにね。それにこの家も安泰なのに。この娘も、今朝は私を怒鳴っていたのよ」

憎らし気な目を私に向けて箸を置き、棚から茶碗を取って炊飯器からご飯をよそい、父の前に置きました。

「そんなことをしたのか。こいつ、親に対して」

「そう。私をババアとか、死ね、と言うんだからね。どこの娘がそんなことを言うの。それも親に対してよ」

身体から出す父や母の匂いがたまらない。まるで身体から匂いが汗のようにしたたっているようです。

「そうか、こいつらは……」

私を睨んでいた形相、あれは確か、私が六歳から見ていた顔付き。目を剝いて摑んだ物を地面にたたきつけていた、あの時の異様な形相と同じ。私は手が震え、持っていた雑巾を流しに置いて、急いで部屋に逃げました。

夜もふける頃、弟が私の部屋の窓から入ってきて、忍び足で自分の部屋に戻りました。どうしてなの……、私や弟が町や村の子とどこが違うというのでしょう。どうしてもわからないのです。

第五章　弟の盗み

いつものように学校から帰ると、玄関で母が弟の腕を摑んで怒鳴っていました。

「お金がないのに、どうして店から出てきた。お金はどうしたの？」

父の怒鳴り声と同じような声色で盛んにまくしたてています。

「こいつめ、もう言い逃れは出来まい。さあ、言ってみろ、渡した給食費、そのお金はどうした。学校から連絡が来たぞ」

弟は腕を摑まれて、台所に連れていかれました。

母の異常さに私は足が動かず、廊下に立って様子を見ていたのです。母に問い詰められた弟は、「お腹がすいていたの」と言いながら、仏壇の引き出しからお金を盗んだことも白状したのです。

「お前には、充分食べさせているのに……、それに給食費ばかりでなく、お金も盗んだのか？」

母の口調は怒りに駆られている。

「えっ」、私は耳を疑いました。充分食べさせている、そんなことはない。

「お腹がすいたよ。朝だって食べなかったのだから……」

弟が母に言っているのです。私もお腹がすいていました。

「学校で給食を食べていて腹がすいたのか、晩飯まで待てないのか」

いつも母から返ってくる言葉でした。

学校の給食だけではお腹がすいてしまう。私もそう……、おやつぐらい食べたい。水を飲んで我慢しているのに、それを……。

「そんなことはないわ……お母さん、それは、私だってそう……」

「何だよ。お前が口を出すな。黙っていろ」

声よりも私を睨む顔に驚いて、言葉が出てきません。

部屋に戻った弟はしばらく泣いていましたが、その声も私には悲しみを誘うのです。私は我慢することが出来たのですが、弟の食欲旺盛な胃は耐えられなかったのでしょう。

「誰かが来たら、お茶とお菓子を出すのだから、でないと恥ずかしいからね」

母がスーパーで買ってきたり、父が給料日に買ってくるお菓子類は、茶箪笥に入れて鍵をかけてしまうのです。ですから私も弟も、いつもお腹をすかしていました。

まだ母の苛立ちは収まらないのでしょう。

「もう、お前たちは信用出来ない、二度と盗みをしないように親父に怒ってもらうからな」

母の声が……。

弟の泣き声も止みました。父が帰る頃には部屋を抜け出して外に出ていったのです。その夜の母はむっつりとして、いつもとは違う変な空気に包まれて食事を取りました。

父もまた、表情が曇っていました。「ブタのように食べている」と言って、弟のように殴られるかも、と思うと、私はご飯が喉を通りません。盗み見るように父の様子を窺いながら、急いで食べて部屋に戻りました。しばらくすると、父に話しかけている母の声が聞こえてきました。

「あの食いしん坊が夕ご飯だというのに来ないよ。店から出てきたの。お金をあげていないのに変だと思ったわ。それで、仏壇の引き出しからお金を盗んだとわかったのよ」

「何だと、あの野郎」

「それに給食費も使ってしまったの。学校から連絡が来たのよ」

「あいつめ……、俺も仏壇の引き出しを開けたら金がなかったので、おかしい、おかしいと思っていたんだ」

「お菓子を買ってしまったのよ」

台所のテーブルをたたいている音、立ち上がり茶の間の障子を開けた音、あちこち引き出しを開ける音が聞こえてきました。弟の部屋との間の襖を勢いよく開けるなり、「この野郎」とあらん限りの声を出して、誰もいない部屋に向かって怒鳴っています。

「これからは、あいつには金をあずけるなよ。給食費は銀行振り込みにしろ。それに飯を食べさせるな」

はらはら、どきどきしながら、何が起こっても抵抗出来ない怖さで、私は部屋で震えていたのです。

夜遅くに弟が裏口から忍び足で台所に入り、鍋や冷蔵庫を開ける音がしていました。おそらく冷蔵庫には食べる物がなかったのでしょう。自分の部屋に入って障子を閉める音がしました。布団を押し入れから出しています。それから静かになりました。

ご飯も食べないで、お腹がすいていないのかしら。弟のために何か、と思ってもどうしていいのかわからなかったのです。

「部屋に戻っているよ」

茶の間から私の部屋にまで届く母の声。

「あの野郎」

弟の部屋との間の襖を乱暴に開ける音。家の中のすべての物が揺れ、私は布団から飛び起きました。眠い目を無理に開けて、ふらふらしながらカーテンと窓を開けました。

「こいつめ、どうしてくれよう。ただではおかんぞ」

私と弟の部屋を仕切る襖が外れて倒れました。私は慌てて窓から外に飛び出す。

「おい、電気をつけろ」

父の太い声が震えています。母が弟の部屋の電気をつけると、その灯りの下で父が弟の上に覆いかぶさって首を摑んでいるのが見えます。鼻を膨らませ、頬と唇からは血の気が失せています。それはまさしく母を殴っていた父。悪魔がとりつき、身体全体から「死」を匂わせる姿でした。

「こいつめ、来い、柱に縛り付けてやる」

弟は泣くに泣けないようでした。父は弟の肩を摑み、茶の間に連れていきます。半ば開いた窓の陰から様子を窺っていた私は、安堵のため息を漏らして部屋に入り、窓をそっと閉めました。

部屋に入ると慌てて襖を立て直したのです。「私でなくてよかった」という思い。あちらの世界は見たくはなかった。

「この野郎、人の物をとるとは」

殴られている音。それは殺されるような音でした。

「泣けば人が助けてくれると思っているのだな。こいつめ」

弟の火が付いたような泣き声が耳に入ってきます。「私ではない、私ではない」と何度も呟いて、自分の身の安全を守る以外に、私にはどんな感情も湧かなかったのです。

次第に弟の泣き声も夜の闇に吸い込まれていきました。「よかった。私でなくて……」、布団に潜り込みました。

第六章　家の仕事

一

翌朝、父の太い声が家中の襖を震わせました。

「こいつをこのまま縛り付けておけよ。逃がしたら、ただではすまないからな」

よく眠れなかった私はその声に驚いて、慌てて起き上がりました。

廊下を猛獣が歩くような音をたてて行き、玄関のドアを閉める音。そのたびに障子が揺れます。弟はどうなったのでしょう。茶の間からは物音一つ漏れてきません。起きていた母が眠そうな声で台所から私を呼びます。目をこすって台所に行きました。

「これからは少しずつ料理を教えるから覚えてよ。村の子供たちは娘が母の代わりに、朝ご飯や夕ご飯を作ると言っていたよ。みんな母親を大切にしているのだからね」

「でも、村で私と同じ歳の人は三人でしょう。その中には男の子もいるわ。後はお姉さんで二人とも高校生よ」

「そんなことはどうでもいいの。へりくつばかり言って……、いいからやるの」

「何でそんなに変わってしまったの。前はもっとやさしかったのに……。朝ご飯だって作ってくれたじゃない」

「うるさい。私の母親は、子供は六歳になったら一人前の人格を持って勝手に育っていくと言っていたわ。わかった？　洗濯も、家の事はお前がするの」

そう言うなり、茶の間の障子をピシャリと閉めました。

朝ご飯も食べずにランドセルを背負って学校に行きました。弟の様子を見ることは出来ませんでしたが、学校にいる時にも弟が気になっていました。「私ではない」と何度も繰り返し思ってはいるものの、お腹はぐうぐう鳴っているし、どうしても気分が晴れないのです。クラスの子が、「随分、怖い顔しているね。何かあったの？」と話しかけてきても、私はむっつりして机にしがみついていました。みんなが楽しくしゃべっているのをぼんやりと見ていたのです。どこでもいい、どこかに逃げ出したい、そのようなことばかりが頭に浮かぶのです。

重い足をひきずって帰る道々では、「お母さん、お姉さん」と脳裏に浮かびます。

胸に下げたおじさんから貰った六つ葉のクローバーを取り出しました。

「おじさん、また来て。お願い、もう家に帰りたくないの」

涙が出てきます。それでも帰らねばならないのです。


玄関を開けました。部屋に入ると、茶の間からテレビの音に混じってすすり泣く声が……、そうです、弟の声です。まだ縛り付けられていたのです。母が台所に来るように言うので、嫌々ながらも行きました。

「いつもより帰りが遅いじゃあないの。帰るのを待っていたよ。今朝言ったことは忘れてないだろね。これから夕ご飯の支度を始めるから……」

そう言って、米の研ぎ方や卵焼きの作り方をあれこれと言っています。

「聞いているの？」

「はい」

返事はしたものの……そうだ、私がご飯を作れるようになったら、好きなだけ食べられる。これでお腹をすかせることもない、と思ったのです。

それが終わると包丁の使い方、野菜の切り方、切れなくなった包丁の研ぎ方まで、母は長々と説明していました。

茶の間の障子が半分ほど開いていました。父が帰っていたのです。こんなに早く……会社を休んだのでしょうか。熱心にテレビを観ていました。茶の間の柱に弟が縛り付けられています。縄も太いものでした。弟は両手を後ろにまわされてうなだれています。胸のあたりやズボン、足元の畳の上には血らしきものが……。

「お前なぞ学校に行くな。この野郎」

テレビの音を遮《さえぎ》るように殴る音が聞こえてきました。そのたびに叫ぶような泣き声が聞こえてきます。

「こいつめ、泣けば誰かが助けてくれると思っているのか。この腐れ」

そして、また殴る音。

「ほら、声をあげて泣いてみろ、今度はこれですまないからな。ほら、もっと泣け、俺が働いた金を取って。こいつめ」

この声を耳にすると足が震え、「殺される」という思いが湧き上がって恐ろしくなり、母の料理の説明も耳には入ってきません。水道の蛇口をひねり水を出して、その音で聞こえないようにしていました。

父は外に出ていきました。台所のテーブルにいた母が、茶の間に入っていったのです。

「悪いことをするからだよ」

囁いている声が聞こえました。私は障子に近づいて、中の様子を覗いてみました。うなだれている弟の服や畳の上の血を母が雑巾で拭いています。鼻水をすするような、聞き慣れない弟のうめき声がしました。

「何を見ているの。言われたことをしなさいよ」

台所に戻ってきた母は、持っていた雑巾をバケツに入れます。

「何度も同じことを言われないようにするんだよ。ご飯を炊いている間に、他に何か料理を作らないとね。今夜は天ぷらだからね」

母は冷蔵庫からビニール袋に入った大根や人参、それにこまごました野菜を取り出しました。それを包丁で細かく切るのは私の役目です。

「まだ包丁の使い方がダメだね。しっかり話を聞いていたの？　それからボウルに小麦粉を入れて、それを水で溶くの。その中に野菜を入れてから、よくかき回して……」

母は腰に両手を置いて、段々と声も大きくなります。裏口のガラス窓から、納屋の自転車のそばにいる父の姿が見えました。

突然、茶の間の障子が開いたのです。振り返ると、鼻の周りを血だらけにした弟が、裏口を開けて裸足で外に駆け出していきました。

母と私は手を止めて、棒立ちになっていました。すると父が、「この野郎、待て」と叫んで、弟の後を追いかけていきました。

「縄をほどいたな。あいつ」

母が低く呟くように言います。私は思わず母の顔を見たのです。唇を歪めてニタニタと笑っている。その顔付きには薄気味悪ささえ感じたほどです。

「あいつめ、縄が緩んでいたんだな。見てろ、絶対に捕まえてやるからな。畜生」

裏口から入ってきた父は唇を神経質に動かして、乱暴に茶の間の障子を閉めました。

「お前が逃がしたわけではないだろうな」

いきなり障子を開けて怒鳴ります。

「何もしてませんよ」

慌てて母は答えた。

「あんなガキに育てて、このアホどもが。飯はまだなのか、風呂はどうした。いつまでかかっている」

父は苛立たしそうに縄を片付けに、裏口から納屋に行きました。私はテーブルに皿と茶碗などを並べて、食事の用意を終えていました。戻ってきた父は、椅子を引き寄せてテーブルに着きます。

「あいつめ、恥ずかしくて人に自慢も出来ない」

父は箸を手に取り、食べ始めました。

私は恐る恐る椅子に座りました。お腹がすいていたのです。茶碗を持ち、怯えながら箸の先に総菜をつまみ、口に運びます。父も母も素知らぬ顔をして食べているのです。その間に食べなくては。でもゆっくり、でないとブタのように食っていると言って殴られる。そう思いながらご飯を口に入れて下を向き、出来るだけ目を合わせないようにして食べ始めました。食べ終わった父は立ち上がって、風呂に入りました。やっと安心してご飯をゆっくり食べることが出来るのです。

「あの、一郎は、どうするの？」

母の考えていることがわからなかった私は、恐る恐る尋ねました。

「悪いことをすると、ああなるの。いつだった？お前が店から菓子を盗んだりしたのは。いいか、私のいいつけを守らないと、ああなるからな。一郎なら戻ってきたら勝手に食べるでしょうよ。そんなことはどうでもいいから食べた皿を洗いなさいよ」

茶の間に入って、母はテレビを観始めました。

「一郎はどうなるのかしら、あんなに血を顔につけて。お腹もすいているでしょうに……でも私でなくてよかった」

部屋に戻った私は鏡を取り出しました。私の顔もすっかりよくなったけれど、まだ首などには薄く青いアザが残っていたのです。また殴られでもしたら……カーテンの間から外を見ました。

弟がいたら私の部屋に入れて、ここでご飯を食べさせよう、私が残った料理を運んでくるから。でも、見つかったら……、まだ怒りが収まらない父がどのようにするか？　許してはくれないでしょう。あたりは、すっかり暮れていました。

友達からは家族で外に食べに行っている話を聞きます。それに、父が駅前の食堂から出てきたところを見たとクラスの男の子が言っていました。でも、家族で食事に出かけたことは今まで一度もないのです。

真夜中になっても弟は家に帰ってきませんでした。

二

「朝だよ。起きなさいよ」

茶の間からの声に、部屋の襖が揺れます。それでもまだ眠いのです。布団から起き出すことが出来ずにいました。

「いつまで寝ているの。早く起きなさいよ」

母の怒鳴り声には慣れました。やっと起き上がったのです。

「いつまで寝ているつもりなの。朝も夜も、お前が作るようにならなければ。朝早く起きるように習慣をつけてよ。中学生になったら一人で作ってもらうからね」

茶の間から声が飛んでくる。

「私はまだ、十歳だけど……」

「うるさい、何度言ったらわかるの。あの親父に殴られて身体が動かないのよ。だから、言われたようにやるの、反抗するな」

声にも匂いがついている。もう昔の母はここにはいないのです。私は服に着替えて、台所に行きました。何もないテーブルの上。

「何だ。朝から……」

父が眠そうな声を出して起き出してきて、茶の間の障子を開けました。

「恵子が起きないから大声が出るの。怒るのだったら、この子が悪いんだからね」

「こいつらに何を言ってもムダ」

仕事着に着替えて父は玄関から出ていきました
「そうなのよ。まったく、村の子と違うのだから嫌になるわ」

ややふてくされた男のような声色で、髪を乱した母が台所に出てきました。

「何も出来ないで、だから子供は嫌なのよ」

障子を音をたてて閉めて茶の間に入った母。また寝るのかしら……。

私は朝ご飯の支度をしました。もう、学校で給食の時間まで水を飲んで我慢するだけなのは避けたいのです。まず炊飯器を洗い、そこに私と弟の分の米を入れて炊きます。冷蔵庫の中から卵を取り出して、テーブルの上に置きました。

「いつまでかかっているの。私が昼に食べる分まで、ご飯を炊いたのだろうね」

茶の間から声。

「うるさい、朝から怒鳴って、ババア」

聞こえるか聞こえないかの声を出していました。私も腹がたっていたのです。

「何だと、親に……」

私は風呂場に入って歯を磨き、顔を洗います。

ご飯が思ったより早く炊けました。茶碗を取り出してご飯をよそい、卵をかけて食べましたが、水の量が少なかったのか、硬く炊けてしまいました。でも食べられます。これで学校でも水を飲んで我慢しなくてすむのです。弟が部屋から出てきました。

「あれ、部屋にいたの？」

「腹がへって眠れなかったよ。食べさせて」

顔の鼻血は拭き取られていますが、唇はいくらか腫れ、頬のあたりには青アザがうっすらと浮かんでいました。こんなに酷く殴られたんだ。可哀想に……。

「卵とご飯があるから自分で食べて」

声をつまらせて部屋に戻り、ランドセルを背負って玄関を出ました。

三

いつもと同じ、単調な日々を送っていました。私は十一歳になっていましたが、このところ私の心は弾んでいました。ある計画を思いついたのです。それを考えると、ひとりでに楽しい気持ちが湧いてきます。

毎年五月の中頃になると村の農家では田植えが始まります。さっそく私は、隣の家に行ってあまった苗を貰って来ました。庭の隅に一畳ほど、水が逃げないように硬い土で囲み、その中に軟らかく耕した土を敷いて水を入れ、かき混ぜます。そして、苗を植えるのです。

どこからともなく弟が近寄ってきて、私がしていることをぼんやり見ているのです。鼻から黒い鼻水をたらしていました。一年前、あれほど殴られていた……、唇も分厚くなって顔がいくらかふくれている。まだ傷も残っているようでした。それを隠すかのように髪が伸びほうだいで、手は酷く真っ黒で垢じみています。ジャージーも汚れていて、靴も泥につかったようなものを履いていました。

「あら、どうしたの？」

口数の少ない弟でしたが、ここ何日かは父や母だけでなく私までもが、弟の存在にすら無関心になっていたのです。

「何、この匂い、すごく臭いわ」

体の匂いが強く鼻につきました。

「何をしているんだ」

弟は何かに怯えているように目があちこちに泳ぎ、私の顔すらまともに見ることが出来ないのです。

私はここに、隣の家から貰った稲の苗を植えることを話しました。

「そうか、苗を植えるのか」

話す言葉も、私が知っていた以前の弟の言葉遣いではありません。落ち着きがなく怯えているような、しわがれた声が返ってきました。

「ここで出来た米を食べるのよ。どんな味がするでしょうね」

私はためらうことなく言います。

「米か。腹がへったよ。腹がすくと水を飲んでいるからな」

頼りない弟の声。

「水……」

水を飲んでいると言われると、自分がそうしていただけに、可哀想というよりも切なくなって言葉が出ません。

どうしたわけか、暗い、逃げ道がないようなやるせない気持ちが胸にこみあげてきます。土がついた手で頬に伝わる熱いものをぬぐい、泣くまいとこらえていました。

「そうよね。家に帰ってきても食べる物がないものね。でも朝ご飯は食べられるでしょう。残ったらおにぎりにして後で食べれば……」

そうなのです。私が朝ご飯を作るけど、弟は父が怖いのか、夜に外に出ていって、朝、父が出かけるまで家に帰ってこない日が多いのです。

「朝飯を食べようと家に帰ったけど、炊飯器の中には何もなかったよ」

「えっ、そんなはずはないわよ。多めに二人分を炊いたんだから。少し硬かったけど……」

「だって、何もなかったもの」

「そう、そうだったの……。学校から帰ってきて炊飯器を見たら、空っぽだったから一郎が食べたと思っていたけど、違うんだ」

母が食べたことがわかったのです。でもどうして、という疑問が残ります。食べたいのなら自分で炊けばいいのに、弟の分まで食べるの？　私にはわからない。嫌な気分だけが残ります。

「お腹がすいたでしょう」

「ああ、水だけじゃあ……。だから畑のビニールハウスを覗いて、そこから食べるものを盗んだよ」

父のお金を盗み、店で盗み、ビニールハウスでも……。クラスでは弟が店で菓子などを盗んでいるような噂を耳にしていたのです。それで私までもが軽蔑されて、悪く言われていたのです。

「そう、仕方がないわね。学校には行ってるの？」

おそらく行っていないのだろうと思いながら尋ねました。

「学校なんかどうでもいいよ」

ぶらりと下げている両手には傷痕が付いていました。

「いじめられるの？」

「ああ、ケンカしても負けるから。泣くことを覚えたよ。どちらも嫌だけど、親父に殴られるよりもいいよ」

今にも泣き出しそうな顔でこらえながら、呟くように言うのです。可哀想に、ご飯は食べられてしまうし……。涙が出てきます。

「家に帰ってこない時にはどこで寝ているの？」

鼻声になって尋ねました。私だって外に寝た時があるのですもの……。

「木の上もあるし、家の裏の林の中も、それに隣の家の納屋もあるし……。星を眺めているんだ」

糸のようなか細い声が喉の奥から漏れ出ます。

「朝まで星を……、もうやめて家にいたら……」

聞こえるか聞こえないかの声で呟くように言います。

「うん、そうだけど……。親父が怖い。家にいるよりは、外の方が気が晴れるからね。歌を歌う時もあるよ」

涙を含んだ声で、うっすらと唇をゆがめています。

「歌か、歌ね。先生が、人間にとって音楽は、生きるためにはとっても大切なものと言っていたけど。私も歌いたい……」

クラスで、男の子や女の子がカラオケに行った話を耳にしていました。私も歌いたい。ラジオもない、音楽がない家だけど、教科書に載ってる歌しか知らないけど、でも歌えるかしら。歌いたいわ。それに母や父は、「テレビなど、子供には良くない」と言って、見せてくれないわ。クラスでもテレビの話題になると、ついていけない。

「そんな格好で何を考えているの。猿のようだな」

棒立ちになっていた私を見て笑っている弟。

「何度も言うけど、家にいたら。布団に寝られるのはいいよ」

様々な感情が通り過ぎていきます。

「布団かあ、布団の暖かさは、いいなあ」

弟の鼻から黒い鼻水が流れ出ています。

「俺、小さい頃からいつも親父が怖かったの、嫌な匂いを身体から出して、俺を睨んで殴るもの。いつも殺される、そう思っていたよ。大人になるまで生きていられるかなあ……」

一瞬、言葉が詰まりました。弟が鼻水を手の甲で拭き取り、泣き出しそうな顔をして私を悲しげに見ているのです。それから急に、顔を硬直させて家の裏の方に駆けていきました。私は何があったのだろうと手を止めて、呆然と弟を見ていたのです。

それから、弟がまた戻ってきました。

「どうしたの、急に」

「道路の方で音がした。親父が帰ってきたと思って……」

「えっ、まだ帰ってこないわよ。何言ってんのよ」

安心したのか、弟はあどけない笑みを浮かべています。その微笑にも、ほとんど人と話したことがない孤独感が滲み出ているのです。

「それよりも手伝ってよ」

そう言いながら私は涙をこらえていました。弟に、稲の栽培の仕方をあれこれと話しました。知識がなかったのですが、父に聞きたくても恐ろしくて聞けず、いろいろと隣のおじさんに尋ねていたのです。私は裸足になって何度も土を踏みつけていました。すると、泣くまいと目をおさえていた弟も、裸足になって土を踏みはじめました。手で摑む土の感触、足指の間から泥を練る楽しさを感じ取っていました。

それが終わると、苗を植えました。

弟は足を洗って納屋の中に入り、藁束をいくつか摑んで入り口の洗濯機の脇に敷いて、横になりました。

「納屋にはヘビがいるわよ。お母さんがそう言っていた。嚙まれても知らないからね」

弟は、そのようなことには平気な様子でした。何かが起こったらすぐにでも飛び出せるように、目を半ばだけ閉じているのです。

玄関の方から音がしました。振り返ると、母がドアを少し開けて、冷酷な目でじっとこちらの様子を窺っていました。それから玄関を開けて、あちらこちらを窺いながら何気ない態度を装い、ぎこちない動きで私に近寄ってきたのです。私が怒られるの？　一瞬、身体が硬直しました。

「そんな所で何をしているの」

ここにそんな物を作って、と怒鳴られるか、もしそうでなかったら、後で父に言いつけるか……。近づいてくる母を、私はじっと見ていました。

でも母は、顔は私に向けていましたが、目だけは弟の様子を探っているのです。これは私ではない、弟だ。少しの安堵感を持ちました。

「こいつめ」

母は藁の上に寝ていた弟に襲いかかりました。慌てた弟は身体をバタバタさせながら、

「何をするんだ。やめろよ」

母の手を振り払います。

「こいつめ。早くお前も手伝って。こいつを風呂に入れるから押さえて……」

母の震える声に促されて、弟の身体を押さえました。

「何をするんだよ。痛いだろう。この野郎」

藁の上で身体を左右に動かしながら蹴ろうとする弟。私は力いっぱい、弟を押さえつけたのです。

「逃がすなよ。今、縄を持ってくるからな」

「痛いと言っているんだよ。この野郎」

私の頭を殴る。髪を引っ張る。

「痛い、痛いよ」

私も負けじと弟の顔を殴り返しました。弟は手を離して、殴られるたびに身体を左右に動かしながら両手で顔を覆います。納屋の奥から縄を手に戻ってきた母は、弟の両腕を後ろに回して縛ったのです。

「さあ、こうすれば逃げられないだろう。お前は風呂を沸かせ。それまでここに縛り付けておくから……」

納屋の柱に縛り付けられている弟。でも風呂にだけは入れてあげたい。家に戻って風呂に火をつけました。

「さあ、言ってみろ、朝まで家に帰ってこないで、外で何をしている。ほら言ってみろ」

台所まで声が飛んできます。

「うるせい。ババア」

台所の裏口の窓から覗くと、縛られて身動きが出来ない弟が足をバタバタさせてもがいています。

「何だと。村で家の悪い噂が流れているのも、お前のせいだ。親に苦労ばかりかけて、こいつめ」

顔を何度か殴っている。

「世間に恥ずかしくはないのか。お前が悪く言われると、そのせいで親の私までが悪く言われるの。わかったか」

弟の鼻先に握り拳を向けてつばを飛ばしながら盛んに言っている母。

「うるせ。腐れババア」

弟ばかりが悪いのではないわ。そうよ。私が炊いたご飯を弟の分まで食べてしまって、怒鳴り返したいわ。でもやめよう。後でどんな仕返しがあるかわからない。

「何だと、ババアだと。お前のような者は親父と同じだ、ヘビにでも飲まれてしまえ」

ヘビ。このようなことをいつまで……。村でも町でも人に会うごとに父や私たちのことを、ヘビに飲まれろと言っている母なのです。

「世間様は私に同情してくれるわ。それが、こいつらは悪い噂を作って、母親を世間から遠ざけようとするんだからな。まったく、あの娘も同じ、家の恥さらしが……」

今度は私まで……、弟を悪く言うと必ず私のことまで言うのだから……。

「うるせ、痛いって言ってるの。やめろよ」

弟の割れるような声。

「まだわからないのか、私が男だったらな、お前のような人間にはならないぞ」

手を拳にして、嚙み付くように言う母。

「うるせ、ババア」

「何だと、口ばかりで……殴られたいのか」

頭を二、三度殴っている。弟は母を蹴飛ばしている。

「こいつら、口先だけは達者で、友達もいないくせに。あの娘もそう。いずれ悪いことをして警察ざたになるからな。手でも足でも折ればいいんだよ。お前なんか」

このようなやりとりがいつまで続くのでしょう。

「風呂はまだなのか。少し温かいなら、それでいいぞ」

声が飛んできます。

「まだよ。もう少しで沸きます」

裏口の窓から叫びます。

「学校に行かないで、朝になると家に入ってきて、まったく……」

「うるせい、ババア」

「まだ言うのか」

そうこうしていると、昨夜の沸かし湯が思ったより早く沸きました。それを告げに行くと、

「ほら、風呂が沸いたと。その姿で世間様に見られると恥ずかしいわ。来い」

母は縛り上げた縄を持って無理矢理弟を立たせ、裏口のドアから風呂場に連れていったのです。

「逃げるなよ。その汚い服を脱いで風呂に入れよ。ちゃんと身体を洗え。ここで見ているからな」

縄をほどいて、脱衣場の戸を開けたまま弟を見ている。弟は逃げられないと思ったのでしょう。それにやはり、風呂に入りたいと思ったのです。暴れないで、母の言いなりに服を脱いで風呂に入りました。

「お前が洗濯をしてあげないからだよ」

「えっ、私が……」

「そうだよ。いつ洗濯した。東京からおじさんが来た時だけじゃないか」

「あの時は、お父さんから殴られて身体が痛いというから……」

「人がいると、家の手伝いをしているように見せかけているだけ、自分をよく見せようと思ってなあ。お前のことはわかっているの。嘘ばかり言って……」

唇を堅く結び、私を睨みます。

「いいか。これからは、洗濯はお前がするの。何度言われてもやろうとしないんだからな。それにな、風呂から出たら何か食べさせてやれ」

汚れた下着類は、脱衣場に置いた籠の中に入れているのですが、そこに私や弟の洗濯物を入れておいても、母は、父と自分の物だけ選り分けて洗濯をしていたのです。私たちの下着類は、いつまでも籠の中に置かれたままでした。時々、気分が向いた時に洗濯をしてくれるのですが、その気分も、いつなのかわからないのです。

風呂から出た弟に、前に母が洗濯した弟の服を渡しました。弟はきれいな下着、それにジーパンとジャージーに着替えてから、テーブルの椅子に座りました。

私はスーパーで買ってきた総菜を冷蔵庫から取り出して、皿に載せて弟の前に置きました。弟は飢えた狼のように食べていました。

「いまご飯が炊けるから、待っていて」

炊飯器のスイッチを押します。

「家ほどありがたい所はないのに……」

そばにいた母の声の調子も下がり、いくらか哀愁を含んだ口調で言います。

「そう、そうよ」

私も一緒になって言いました。

弟は話を聞いているのか、いないのか、黙って皿から総菜を取って食べています。弟が食べている脇に母が椅子を引きよせました。先ほど弟を摑んでいた時の匂いとは違った匂いを放っています。

「なあ、そんなに外がいいわけでもないだろう。もう外に出ていくのはやめて、家で温かい物を食べて布団に寝ろよ。それになあ、家族はみんなお前を心配しているんだよ」

哀愁のある抑揚をつけて言います。父や母は弟なんかどうでもいいと思っていたはずなのに、このようなやさしい言葉で言っている。聞いていた私は張り詰めていた心がほっと緩み、安らかさを感じました。

弟は何を思ったのか、口を動かしながら重そうな瞼をしきりに、箸を持った手の甲で拭いていました。

「お母さん、床屋のお金を出したら……」

私は、思わず言ったのです。

「床屋……」

重々しい視線を私と弟に投げかけた母は立ち上がって、茶の間の仏壇の引き出しから財布を取り出して、お金を弟に差し出しました。

私は炊飯器からご飯を茶碗によそってあげました。弟は白く湯気がたつご飯を、ふうふう息を吹きかけながら食べていましたが、その食べる速さは、よく噛んでいない証拠でした。

「ゆっくり食べなさいよ。まだあるから」

口を動かしながら、空になった茶碗を私に差し出すのです。

「もう、食べたの。早い……」

お代わりをよそってあげました。

「それで終わりにしろよ。食べるのはお前ばかりではないのだからな」

母はじっと弟を見ていました。弟は食べ終えるとお金を摑んで、満足気な顔をして外に出ていきました。

「いいか。家にいろよ」

茶の間に戻った母は座卓に両手を置き、両肩を落としてボウッと考えにふけっているのでした。

しばらくすると、会社から帰った父が、音もなく私の部屋の障子を開けました。あれ、足音が違う。私が殴られるの？　父の目は弟の部屋に注がれています。

「元気か、外は寒いぞ。家の方がいいぞ。風邪などひかないようになあ」

私が部屋にいることも気づかないような素振りで、はにかむような小声で言っているのです。でも、弟は床屋からまだ帰っていなかったのです。

私はそれを見て驚き、言葉が詰まって涙が自然に出てきました。それはあたかも清らかな小川に日の光が美しく輝いて、風に吹かれた水面にたつ小波のように穏やかな感じで、両親の愛を感じたのです。

夕方になる頃、坊主頭になった弟が玄関を音もなく開けて部屋に入ってきました。父と母が食べ終えた後、私が食べ始めると、弟も部屋からのそのそと出てきて、茶の間を見たのです。珍しく父は風呂に入らないで、母とテレビを観ていました。椅子に座った弟の前に、ご飯をよそった茶碗を置きました。弟は顔を伏せたまま、目の前の茶碗を持ち食べ始めました。食べるのに苦労している様子です。箸を持って口に入れる動作もぎこちないのです。弟は茶の間にいる父と母を盗み見ながら食べていたのです。もっと食べたそうにしている弟。私ももっとお腹いっぱい食べたい、でもこれ以上食べると父が……、母が……「いつまで食べている」と怒りを含んだ声が……。弟はゆっくりと立ち上がり、部屋に行きました。私も家族が食べた食器を洗ってから部屋に戻ります。

弟は布団を敷いて寝ることが出来たのでしょう。寝息すら聞こえてくることはありません。庭の方からカエルの鳴き声がかすかに、季節の歩みを知らせるかのように聞こえていました。私が作った庭の隅のわずかな田にも命が棲みついたことを思うと、自然に心が和み、雲のはるか彼方に連れていかれるような気持ちになって、深い眠りにつきました。

四

朝の日課は、バケツに水を入れて田に注ぐことでした。青々とした稲。そのまわりには、蜘蛛が巣をはっていたのです。小さな虫が捕らわれていました。それにカエルが何匹か、稲の間から顔を出していました。このような物を見て、私は嬉しくなっていたのです。家にいるようになった弟も、稲の穂が伸びるのを楽しみにしているようでした。

朝ご飯を弟と食べて、二人一緒に学校に行ったのです。

「お姉さん、ご飯、おいしかったよ」

満足したように、にこにこ顔を向けて言うのです。

「そう、これからも作るからね。いいでしょう、家にいるのは。それに布団にも寝られるからね」

私は思わず、弟の手を握りました。弟のあどけない顔に嬉しさがこみあげてきます。

教室では、出来るだけ笑顔を作っていました。

学校から帰ってスーパーに行き、それからご飯を炊きました。夕暮れにはまだ時間があったので、部屋の窓を開けて机の椅子に座りました。どこからか風に乗って、獣の匂いにわずかに生臭さが混じった匂いが流れてきました。この匂いは？　父や母が怒った時に出す獣のような匂いとも違うのです。それに父はまだ帰っていません。だったら母の匂い？　茶の間からはテレビの音が聞こえてきません。おそらく寝ているのでしょう。まさか弟の匂いなのでは？　弟もどこかに行って、部屋にいないはずだけど……。

匂いが消えました。

深い山の中に私一人がぽつんといるような、気味が悪いほどの静けさに包まれていました。窓辺に寄ります。

匂いがまた……。

そういえば、先ほどまで鳴いていたカエルの声がぴたりと止まっていました。

突然、庭の方から聞き慣れない声がします。どこかで子供の泣き声が……似てるけど違う、いったい？　この世のものとも思えない空気を裂くような鋭い響きでした。

途切れてはまた鋭い声。父母が怒鳴る声とは違う異様さに怯え、身体が硬直して震えていました。庭先で何が起こったのか。怒鳴り声や暴力に慣れていた私は、この世に怖いものはなかったのですが、いったい何が……。

確かめたい気持ちが湧いてきました。玄関のドアを開けて、震える足を一歩、二歩と進めて、稲を植えたあたりに近寄ったのです。

そこには長々とした物が、稲から這いずり出ていました。音をたてないように歩み寄ってみたのです。私の腕よりも太いヘビでした。生臭い匂いを放っている。口に何かをくわえて引きずっている。その口からは白っぽい腹を見せた物がだらりと垂れていました。とっさにカエルだと思いました。カエルの手足は力がなく、されるままに地べたを引きずられていたのです。すでに頭から身体半分ほど飲み込まれたカエルは、おそらく死に切るまでは、声をあげて必死に抵抗していたのでしょう。

　こうして見ていると、恐れよりも何か嫌な気持ちになって、まるで自分のことのように身体が縮み、動けなくなってしまいました。カエルを飲み込もうとしているヘビは、目を一点に向けたまま、青白い長々とした身体をゆっくり動かして前に進み、納屋の方に向かっていました。

　突然、玄関のドアを開ける音がしました。

「何だ。声が聞こえたけど、何事があったの」

　母がぼさぼさの髪で近づいてきたのです。

「なんだ。こいつか、待っていろ」

　足早に納屋に入って、手に鎌を握って出てきました。

「こいつめ、前から納屋にいたな」

　うなり、呟き、さらにヘビに飛びかかろうとものすごい顔付きで腕を振り上げ、首に切りつけました。

荒々しい息遣いをして血にまみれた鎌をヘビに振り下ろすその形相、あれは私が六歳の時に見ていた父の形相と同じようでした。

何度も何度も、鎌を振り下ろす……。生臭い匂いの中で、死の恐怖よりも嫌な気持ちになり、その恐ろしさに後ずさりをして見守っていたのです。

切り刻まれたヘビが母の足元に横たわっていました。胴体から切り離された頭、瞬き一つすることもなく鈍く光っている目、身体半分までカエルを飲み込んだ口は、どのようにされても絶対にカエルを離すことがないように思えました。

母は血で染まった片方の手で、カエルをくわえたヘビの頭とバラバラの胴体を鷲づかみにして、道路の方に行きます。私は知らず知らず足が動き、母の後についていきます。母は気にすることもなく道路までヘビを持っていき、そこに投げました。ドサッと音がして、投げだされたヘビ。まだ生きているとばかりに尾が母の手首に巻き付いています。「ほら、離れろ」と言いながら、母は腕を動かし鎌でつついています。尾が観念したかのように道路に落ちました。ヘビとその口から垂れ下がった血糊がついたカエル、それぞれが動くこともなく、横たわっていました。

「こんな物はこうしておけば、車が通って粉々にしてくれるからな」

納屋に行き鎌を置いて、洗濯機の中にたまっていた水で手を洗っている母。私は息を飲み込み、母がしていることを震えながら見ているばかりでした。

「まだ何匹か、納屋にいるよ。あれは親に違いない。お前がこんな所に田を作って苗を植えたのが悪いんだよ」

そう言って、家の中に入ってしまいました。

蛇を鎌で切り刻んだ田の近くには、血らしき物が地面のあちこちについていました。しばらくの間、身動きが出来なかった私はそれらを見ながら、音一つしないこの静寂の中にいて、生き物の哀しさを感じないわけにはいかなかったのです。

部屋に戻ると、先ほどの生臭い匂いが消えていました。訳もなく殺されたヘビの様子が妙に頭に残っていました。椅子に座って、とりとめのないことばかりが浮かんでは消えていきます。「大人になるまで生きていられるかなあ」と言っていた弟。「生きる」ということが強烈に私の脳裡を駆け巡ります。訳もなく怒鳴られ、殴られる。それに耐えていくことにどのような意味があるというのでしょう。心からの喜びがあったでしょうか？　村の人たち、クラスの人たちには、「親を困らせている不良」とまで言われている弟と私なのです。

ヘビだって生き物、生きるためには獲物を捕って食べなくては生きていけない。どのように扱われても貪欲に食べなくては、生きなければ……。父や母の顔色を気にして食べるよりは、とにかくお腹をみたすこと。台所に行き夕食の用意を整えて、早々と部屋にいた弟に声をかけて二人で夕食を食べたのです。私たちを母は見ていましたが、何も言いませんでした。もし何かを言ったなら母を殺す、そんな勢いでお腹いっぱい食べました。弟も親の目を気にしないで満腹になるまで食べたのです。私も弟も初めての満足感でした。

部屋に戻り、布団を出すことも忘れて机に寄りかかり、電気もつけずにボウッとしていました。しばらくすると音一つしなかった庭の方から、カエルの鳴き声が細々と聞こえてきました。一匹、それに応えるかのように、また時を置いて一匹。とぎれとぎれの声でしたが、あたりから他のカエルの鳴き声が響いてきたのです。先ほど仲間がヘビに飲み込まれたのに、そのようなことはなかったかのように……。やがてカエルも、だんだんと夜の眠りについていきました。複雑な気持ちがぼんやりと、霞のように頭をかすめます。気がつくと夜もすっかり深まっていました。

窓を閉めるのも忘れていたのでした。カーテンを閉め、布団を出して眠りについたのです。

五

音一つしない暗闇。やがて中庭に薄く日の光が差し、段々と光が長くなって、部屋の中にまで朝日が射し込んできました。カエルの鳴き声はもう聞こえてきませんでした。

もしやまたヘビが来たのでは？　でも私の部屋まで匂いは感じられません。眠い目を無理に開け、布団から這い出て窓に寄ります。やはりカエルの鳴き声は聞こえません。

目をこすりながら玄関を出て、田に恐る恐る近づいたのです。まだヘビの血糊があちこち残っていました。あたりを窺うとヘビは見えませんでした。稲をそっと倒して覗くと、そこにはソーセージのような長々としたものの中に、つぶつぶの黒いものが二つ三つと規則正しく並んでいるのを見ました。カエルの卵だったのです。

私はびっくりしました。このような所に新しい命が生まれていることに、生き物のたくましさを感じたのです。

玄関を開けた父が私をギョロッと睨み、一言も言わずに納屋から自転車を引っ張り出して、乗っていきました。

家の前の道路に出てみました。昨日投げ出されたヘビは？　ヘビの血の跡がまだあったのですが、切り刻まれたヘビの頭や尾は跡形もなくなっていました。あたりを探したのです。昨日あったことは、私の夢の中の出来事だったのでは？　いや、そうじゃない。確かにこの場に投げ出されたヘビは……。学校に行く人たちが私を見て、ニヤニヤ笑いながら通り過ぎていきます。

薄暗い台所に入って炊飯器の蓋を開けると、ご飯はありませんでした。わかっていたことでした。それで私はご飯を炊いたのですが、水の量が少なかったせいか硬かったのです。冷蔵庫から野菜を取り出して炒めて、ご飯に卵をかけて食べました。家にいるようになった弟が起きて来るかもしれないと思いその分も作って、テーブルの上に置いて部屋に戻りました。それから田に水を入れて学校に行ったのです。

学校で考えることは、母がヘビの首めがけて鎌を振り下ろす姿。そのヘビを道路に投げ捨てたけど……、朝になったら何もない。どうなってしまったのか。もしクラスの子に話したら……ダメ、信じてもらえない。それに頭がおかしいと言われて、噂が噂を呼び、口をきいてくれなくなる。昨日のことは忘れましょう。忘れなければ。

むっつりしていたのに気がついて、出来るだけクラスの人たちに笑顔を向けて、何か違ったことを考えようと努めました。自分から近くにいる女の子に話しかけたのです。学校の行き帰りに話そうと近寄っても、村の子は離れてしまいますが、クラスでは私の話に耳を傾けてくれる子もいるのです。漫画やテレビの話が出た時には言葉を濁して、あたかもそれを観たかのように装っていました。

学校から帰って、もう一度、道路を見ました。やはり何もなかった。あたりには血らしきものもなかったのです。田に行ってみました。そこにも血らしきものはなかったのですが、よく見ると土に染みこんでいたのです。稲をそっと覗くと、朝、見た時と変わらずにカエルの卵がありました。

弟の部屋の障子を開けると、弟がいました。

「ねえ、道路で何かを見なかった？」

「いや、何も……」

訳がわからないという顔付きで答えるのです。

「ヘビよ。田にいたヘビを、お母さんが鎌でバラバラにして道路に投げたの。それが、投げ出されたヘビがないのよ」

「ヘビ、ヘビねえ、そんな物なかったよ。カラスが食べたのではない？　家の近くに随分カラスがいたよ」

「そうなの。カラスが……」

それで私は、納得したのです。

六

いつものように学校から帰って玄関を開けると線香の匂いが鼻につきました。台所のあたりから流れてくるようです。台所に行くと、開け放された茶の間から線香の匂いが漂ってきました。髪を整え、卵形の痩せた顔に口紅をつけた和服姿の母が仏壇の前に立っていました。

この頃ひんぱんに「お茶飲み会」といって村の外れの家に行きますが、それとも町のどこかの家に行ってきたのでしょう。

家の裏にこんもりとした杉林があるのですが、そこには私の先祖が眠っている墓があります。毎年、春分の日や秋分の日になると、母の言いつけで私が水と花を持ってお参りをしているのです。母は身体が痛いと言って墓参りなどしないのに、それに普段、仏壇に水や花などもあげたことがないのに、線香を一本たてて両手を合わせ、何やらブツブツと言いながら拝んでいるのです。その様子がとても異様に見えました。

「どうしたの。急に線香などあげて」

変なことばかりして、と思いながら尋ねたのです。振り向いた母は、私をギョロッと睨みました。

「ご先祖様にお前が家のことをするように拝んだのよ。親父に殴られ、今まで苦労してきたんだからね。それがいちいち言わないとお前は何も出来ないのだから、嫌になるわ」

薄い唇から男とも女ともつかない声。あの、ヘビを殺していた時の顔付きになって睨んでくるのです。仏壇から煙が上り、線香の匂いが鼻につきます。

「それに、うちの子は……、何をするかわからないからな。これからは、学校の集まりには一切行かないからな。先生に何を言われるか、親として恥ずかしいわ」

「今までにも学校に来たことなんてないじゃない。一度だって……」

「まだ親に反抗するのか。口先ばかりが達者になって……だから線香をあげたの」

納屋の方から自転車を止める音が聞こえたので、私は急いで部屋に入ったのです。私の部屋にも襖の間から線香の匂いが漏れてきます。

どうしても自転車の音には緊張してしまうのです。時間のたつのが長く感じます。死刑執行を待つ囚人のような気持ちになって耳をすましていたのです。

玄関のドアが開きました。父の足音で、大丈夫だと感じました。

「何だ、この匂いは。早く窓を開けろ」

声の調子はいつもと違った低い声でした。

「テレビでも親を殺した事件が多いのよ。あいつらが何をするかわからないから、ご先祖様にお願いをしたのよ」

何となく耳に残る甘ったるい声です。

「そうか、あいつら。でも火事かと思ったぞ」

仏壇の横にある窓を開ける音。

「息子が親を恨んで家を燃やしたという話を町で聞いてね。あの息子も、同じことをするに違いないわ」

「そうだな。先生に手紙を書いてもダメだしなあ。やりそうだなあ」

父は、胸から空気が漏れ出るようなため息まじりの声を出している。

私の部屋の襖を開けた弟は手に靴を持っていました。窓を開けて、身体を滑らして抜け出し姿を消しました。その素早いことといったら「あっ」と叫ぶ暇もないほどでした。

「子供の成績がよければ世間に自慢も出来て、親は立派だと言われるのにね。小さい頃は可愛いかったけど、今では役立たずなのよ。あの娘も、反抗ばかりして家のことが出来ない」

母の落胆した声が聞こえてきました。

「まったく、困ったもんだなあ。だけどお前も悪いぞ。俺を朝から怒鳴っているからな。ガキどもがますます悪くなるんだ」

「何を言ってるの。私を殴っていたから子供たちまで真似をして親をバカにするのよ」

「うるさい。お前が悪いからだ。腐れババア」

またいつもの怒鳴り声。

「殴るのか、怖くはないよ。殴るなら殴れ、昔は黙っていたけど、もう黙っていられないわ、殺せ」

「このバカが……」

襖や障子が揺れる。私の部屋に……？

窓に寄りかかり外の様子を見ました。外は薄暗く、霞んでいました。大丈夫、私の部屋には来ない。

私は胸に下げた六つ葉のクローバーを取り出して、指でなでていました。

「東京のおじさん、やさしかったわ。会いたい」

葉を包んでいるビニールは傷んでいましたが、色が薄くなった葉は元の形を保っています。前々から気になっていることがありました。父と母の身体が出す脂と汗の混じった匂いです。それが段々と酷くなっているように思えるのです。何かの用事で村の人やガス屋さんなどが訪ねてきたりすると、普段、私たちを怒鳴り、怒る時に出していた匂いとは違った匂いを出すのです。人が変わったように顔の表情も変わります。

くすんだ百合の花のような匂い。化粧の匂いとは違い、誰も持っていない匂いとでもいうのでしょうか、この匂いを父や母の身体から感じ取れるのです。

それによく見ると、母の仕草も変わっているのです。それは、腰を少しだけ曲げ、両肩を前に倒して猫背気味になり、それからゆっくりと間をおいて上目遣いに顔を上げ、相手の胸元を見つめて、「昔は旦那に殴られていた」と言うのです。身体から匂いを放ちながら落胆の気持ちをこめて、うちひしがれた抑揚をつけた言葉が、母の口から漏れ出てきます。そのような仕草の時に出す匂いは、哀れさを人に訴えるには充分といえるものでした。

もちろん普段、家で使っているような言葉ではないのです。いつもの母の姿ではありません。悲しみに打ち沈んだ、それはまるで風に揺られた弱々しいススキの穂のような、哀れな女の姿があるのです。

相手はどのような想いで聞いているのか私にはわかりませんが、「酷いね。よく耐えているね」と言って涙ながらに同情するのです。

なかには、「実は同じようなことを、私も夫からされてね」と言う人もいますが、そのような言葉は母の耳に入ることはなく、自分が世の中で最も不幸な人間という仕草を何度も繰り返すのです。このような母を、どう解釈していいのか。私はただ呆然と見ているのです。

傍らで母と同じような匂いを出して、頬の肉をふるわせるようにして微笑んでいる父がいます。それに前から気づいていたのですが、普通の人が見せる笑いと、どこかが違うのです。ニンマリした表情は、心からの笑みではなく、一から十まで作り物という感じでニタニタと笑っているのです。口から出る言葉は、「殴るだなんて、そのようなことはないですよ」と普段家で聞くこともない純真な子供のような声で言うのです。

客が帰ってしまうと何事もなかったかのように、父や母は普段の顔付きに戻り、身体から出す匂いもいつもの匂いになるのです。

そうかというと、台所から何度か見ているのですが、母は父の胸元に顔を押しつけて、甘ったるい囁くような声で取りすがるようなこともします。髪や身につけている服からは花のような、芳潤な香水のようななまめかしい香りが流れてくるのです。

　このような光景を最近になって見せられると、私は嫌な気持ちとは別に、よくわからない、不思議な感情が湧いてくるのです。

七

　学校に行く時も、それから教室でも、それぞれが笑顔で友達とおしゃべりしているのを見ますが、どうしてみんなあのように笑顔で話すことが出来るのでしょう。それに村の人たちがスーパーの中で笑顔で話している姿を見かけます。笑顔のない私の家には、怒鳴り声以外の声がないのです。やさしい声、笑いを含んだ声もないのです。私には作り笑いしかなく、心の底からの喜びが出てこないのです。その作り笑いも長くは続かず、気がつくとまた、むっつりとした顔に戻ってしまうのでした。

　毎日そのように過ごしていたのですが、私にも友達が出来たのです。鈴木明子さんといって、隣のクラスの人でした。隣のクラスと合同で体育館でボール投げをした後、更衣室で着替えていた時に、彼女の方から話しかけてきました。授業が終わると廊下で話すようになり、私は自然と笑顔が出るようになりました。

笑顔。それはおじさんからもらった六つ葉のクローバーが与えてくれたものかもしれない、と思いました。友達が出来るなんて今までになかったことなのです。学校に行くのが楽しくなっていました。

中学校からそれほど離れていない所に住んでいた明子さんは、毎朝校門で私を待っていました。顔がゆるんで笑みが浮かびます。学校が終わった時や日曜日や、町でイベントがあった時など、彼女から誘われるのです。でも家事をしなければならず、彼女のようにお金が使えるわけでもありません。それに着ていく服もない。そのようなことを考えると、断るしかなかったのです。

ある休みの日、明子さんが私の家に来たのです。納屋で洗濯をしている私を見て驚いていましたが、また感心もしてくれました。私は家に来てくれたことが嬉しくなって、その場で話し込んでしまいました。学校では、指の傷バンドを隠すようにしていたのですが、彼女は私が傷バンドを貼っていることに気づいて、尋ねるのでした。

身近に打ち解けて話す人がいなかった私の心に、言いようのない寂しさ、哀しさ、口惜しさが、暴風のように襲ってきました。こみあげてくる感情に後押しされるような思いで、朝、夕にご飯を作ることや、両親に殴られたり、怒鳴られていることなどを話したのです。

話を聞いていた彼女は、

「そう言えば、いろいろと噂を聞いていたけど、まさかそんなこととは。可哀想に」

同情してくれたのです。涙さえ流してくれました。

彼女の声が身体中にやさしく、柔らかに、手足のすみずみにまで染み渡るようでした。人の温かさを感じ、幸福感に包まれるような気持ちになっていたのです。心の中にしまっておかないで話してよかったと思いました。

「そこで何をしているの」

突然、ぶっきらぼうな細い声が聞こえたかと思うと、どこから見ていたのか、母が玄関から出てきたのです。

「あら、お友達なの」

いつもと違う声。どこから出てくる声なの？

「こんにちは」

はにかみながら彼女が言います。

「あれまあ、明子さんじゃあないの。そうよね」

「はい、鈴木明子です」

「お茶飲み会で、あなたの家に行った時に見かけたもの。お母さんがあなたを自慢していたわ。いい子なのね。それに比べるとうちの子は、親に反抗して困らせてばかりいるのよ」

幾らか調子を変えて、横目で私を見ながら、張り付けたような冷たい微笑を口元に浮かべた母の言葉。私の隣で聞いていた彼女は苦笑いを浮かべながら、どこに目を向けていいのか困っている様子でした。

母はそれだけを言って、戻っていったのです。私は何を、どのように言っていいのかわからず、困ってしまいました。それを彼女は察したらしく、「用事を思い出したから帰らなくては」と言って、そそくさと帰っていきました。

ふと右手を見ると、薄っすらと青いアザが浮き出ていました。

八

翌朝、校門には明子さんの姿はありませんでした。

「いない。遅れて来るかも。それとも……何かあったのかしら」と思いながら、通り過ぎるクラスの人たちを横目に彼女を待っていたのです。始業のベルが鳴りました。もう、あたりには誰もいません。仕方なく教室に入りました。休み時間に隣の教室を覗くと彼女の姿が目に入りました。

「えっ、どうして」、私には訳がわからなかったのです。彼女は私を見ても気づかないように装っています。

昼休みに廊下で出会っても目をそらしてしまい、私が近づいていくと逃げるような仕草で、話すことがなくなりました。

「どうして、どうしてなの」、繰り返し浮かぶのはこの言葉ばかりです。誰とも話すことなく、笑顔は消えむっつりとした顔付きで、ぼんやりと座っていました。クラスの子に話しかけても、目をそらして私から離れてしまうのです。

「話しかければ、一人ぐらいは答えてくれたのに、どうして……」

みんなは楽しそうにしゃべっているのに、私には話す人がいません。また一人になってしまいました。孤独感に襲われます。帰りに校門で出会った明子さんのクラスの女の子が声をかけてきました。

「あのさ、あなたはすごい人なのね」

私に言うのです。

「えっ。そんなことはないと思うけど……」

どうしてそんなことを言われるのか、私にはわからなかったのです。

「だってさ。明子から聞いたわよ。あなたのお母さんが明子のお母さんに、子供が親に反抗して困っていると言っていたって。それに嘘つきだって。明子から友達になるなって言われたわ」

近くにいて話を聞いていたクラスの子は、あたかも私が罪人のように軽蔑の目を向けてきます。何度も経験していたことですが、それがとても辛いのです。

道々考えることは、そうだったんだ、お茶飲み会で母は私のことをそのように話していたのだ。もうどのようなことも人に話すのはよそう。そう思うと心が落ち着いたような気がしますが、また辛い気持ちが噴水のように吹き上がってくるのです。

胸から下げた六つ葉のクローバー。服の上から、「東京のおじさん、会いたいわ」と指でなでていました。

九

季節は急速に進んでいました。暑かった夏も過ぎて、家の裏手にある山にはすっかり秋の気配が漂い、部屋に差し込む光も秋めいているようでした。学校の行き帰りに目にする畦には曼珠沙華が咲き、稲穂が黄色く色づいていました。村全体が豊かになって、鳥は小高い丘から楽し気にさえずり、道端には秋草の花が咲いています。隣の家の猫や犬までもが尾を振って実りを楽しんでいるようでした。このような景色を見ると、どうしたわけか、私の心も自然と弾むのです。

弟と作った田の稲穂もしっかりした実をつけ、全体が黄色くなって穂が垂れていたのです。

知らない間にカエルの卵はおたまじゃくしになって、三、四週間がたつ頃には足がはえていたのですが、日ごとにその数も減り、やがてどこかに行ってしまいました。

隣のおじさんが見にきました。ここまで稲が育ったことに驚いていたのです。葉が黄色くなったら、水は出来るだけ少なくするようにと言われていたので、枯れない程度に水の量を減らしていました。

私は夕ご飯を作らなければなりません。母に何度も教えられたのですが、まだ十一歳の私には、総菜などもスーパーで売っているようには出来ないのです。ですからほとんどスーパーで買ってきたものを皿に盛り付けてテーブルに出していました。

「自分で料理が出来ないの？」

母は不満たらたらでした。

「そうだ。自分で何も作ることが出来ないのか」

茶の間にいた父がギョロッと目を剝いて私を見ているのです。家の中の細かいことにまで必ず口を出してくる父なのです。

「そうなのよ。何も出来ないんだから……」

母が調子を合わせます。何が起こるかわからなかったので、そそくさと部屋に逃げ込みました。

そういえばここ何日もの間、家に近づかない弟。夜にそっと帰ってくる日もあるのですが、ここ数日は帰ってきた姿を見ていません。弟の部屋の障子を開けると、今日は珍しく部屋にいました。

「あら、いたの？　早めに食べようと思っても家にいないから……」

弟は寝ていたのです。畳から起きあがって、あわてて逃げるように立ち上がりました。

「どこに行っていたの？　お腹がすかない？　ご飯、食べたら……」

長い髪の間から私を見つめています。

「うん、家にいることが嫌になってね……後で食べるよ」

「そうよね。お母さんには、一郎の分まで食べないように言っておくからね。それに風呂は、いつでも入りたい時には沸かしてあげるから。臭いよ」

何日も風呂に入ってない汗臭さが鼻につきました。

「風呂よりも、何か食べたいなあ。腹いっぱい」

声にもいろいろな表情があるのですが、これほど沈んだ声には、悲しみを誘われるのです。学校でも噂になっているので、おそらくどこかで盗みをしていることはわかっていましたが、それを止めることは出来なかったのです。

「後で、合図をするから食べにきて」

父と母が食べ終えて茶の間に入った頃合いを見て弟が、部屋から首を長くしてこちらを見ています。閉め切った茶の間の障子。手招きをして台所に来るように合図をしました。それから二人で一緒に食べ始めましたが、音を出さないように注意していました。漏れてくるテレビの音、ただその音だけが私たちを救っていたのですが、弟も私も、どうしても落ち着いて食べることが出来ないのです。急いで食べて、弟は私より早く部屋に戻りました。おそらく今日は、部屋で寝るのでしょう。

家にいること、それに布団のありがたさはよくわかっているはずです。

十

村では稲を刈り取る時期が来ました。私の家も裏に田があったのですが、すでに父は農業をすることもなくなり隣のおじさんに任せていました。

私と弟は、私たちの稲を刈り取る日を楽しみにしていました。父や母の怒鳴り声のない日が続いていたのですが、その理由はわかりません。

弟が部屋にいるので、お金を渡して床屋に行かせるよう、母に言いました。そして「学校でもみんなから笑われて、お母さんが世間では悪い評判になっている」と言い添えたのです。父も母も、人様から悪く言われることを特に気にするのです。特に母は。ですから私はわざと強い調子で言いました。

「あいつめ、部屋にいるのか」

「いるよ。だから床屋に……」

「こいつめ、夜になると外に出ていってばかり……。床屋に行ってこい」

母は弟の部屋の障子を開けて、財布からお金を出して投げました。弟はそれを拾い集めて部屋を出るなり、私に嬉しそうに笑いかけました。

「明日は隣の家で稲を刈り取って米にするので、会社を休んで手伝いに行かないとね」

ご飯を食べている時に母が父に言っていました。私は二人の話を、しっかりと聞いていたのです。

弟の部屋を覗きました。こざっぱりした弟が、畳の上に横になっていました。音に驚いた弟は、飛び起きて逃げるような仕草をしましたが、私だったので、安堵の息を大きく吐いたのです。

「あのね、稲のことで話があるの。明日、隣の家で稲刈りが始まって、刈り取った稲は機械にかけて米にするのよ。だから私たちが育てた稲も、一緒に米にしてもらいましょう」

小声で話しました。機械が止まってしまったら、私と弟が作った稲はそのままになって、米になることもないのです。

「どんな米が出来たかなあ。腹いっぱい食べられるかなあ。盗みだってしたくはないんだけど……つい盗んでしまう」

「外に行かないで家にいなさいよ。ご飯を食べてね」

私に出来ることは、父と母が食べた後に茶の間の障子を閉めて、弟を呼んで食べさせてあげることぐらいでした。

十一

窓を大きく開けて腕を広げ、朝の空気を吸い込みます。今日は私と弟の楽しい一日です。いつものように服に着替えて台所に行きました。炊飯器の蓋を開けると、昨日、私が炊いたご飯が残っていたのです。多めに炊いたので父や母が食べ残したのです。部屋にいた弟を呼んで、一緒に卵をかけて食べました。それからランドセルを背負って家を出ました。隣の家に寄って、私たちが作った稲も一緒に機械にかけて米にしたいので、機械を止めないように頼みました。

肌で感じる風、森や木々を揺らしている風の音、目に映る空、雲、通り過ぎていくクラスの人たち、学校の校舎など、すべてのものが新鮮に感じられます。

私と弟が育てた稲。わずか数センチだった稲です。それが実って、黄色くなって垂れています。どれほどの量の米が出来て、どんな味がするのか、そのことだけが楽しみだったのです。いい米が出来るように、弟と一緒に水をあげていたのですから。授業が終わるのをもどかしく感じていました。早く終わらないかと今か今かと待ちました。

学校が終わると、息をきらしながら家まで駆けて帰りました。隣の納屋から機械の音が聞こえてきます。その音は、全身に喜びと躍動感を与えてくれます。

弟の姿が目に入りました。ランドセルを置き、田の前で膝を折り曲げ、両手、両膝を地面につけて頭を垂れていたのです。

その目の前には、楽しみにしていた私たちの稲がなかったのです。刈り取られた株だけが、まるで坊主頭のように並んでいて、それ以外に何もないのです。

私は呆然としました。どうしてこんなことに……。泣くことも出来ません。刈り取られた稲から取れる米はわずかだとしても、私と弟が作った米を手に取ってみたかったのです。その米をご飯にして食べたかったのです。

掌に載せてみたかった白い米。ご飯になる米。夢が崩れていきました。

これは母が刈り取ったに違いないと思ったのです。おそらく他の稲と一緒に機械にかけられてしまったのでしょう。

「きっと立派な米になったよ。他の米と一緒に食べられるからね。元気を出してね」

弟の肩をさすりながら、やっとのことで私の口から出た言葉でした。隣から聞こえてくる機械の音が止みました。

「お姉さん、機械が止まってしまったよ」

泣きながら弟は言いました。弟の肩をさすっていた手を止めて隣の納屋を見たのです。静けさがあたりを支配し、あたかも深い水底にでも沈んだような感じでした。自分たちで育てた米を手に取ってみることへの想いが、この静けさの中に消えてしまったのです。弟も私も刈り取られた株だけをぼんやりと見ていました。

しばらくすると、父と母が帰ってくる声、足音が聞こえてきました。私たちをちらっと見た父は、玄関を開けて入ってしまいました。

「何だ、そんな所にいて。風呂を沸かして、ご飯を炊いたのか？」

母の声。

「庭で作った稲から米が取れたでしょう。どうして私たちに黙って刈り取ってしまったの」

殴られようが怒鳴られようが構わない、腹立たしくて大声で言いました。

「何言ってんの。わずかなものに。実が入っているはずはないよ」

「糞ババア」

弟の泣き叫ぶ声。

「こうやって、この子は親に反抗するんだからね」

父に聞こえるように、開け放たれた玄関に向かって叫んでいます。

「何だと。こいつらは親に」

玄関から顔を出して父が睨んでいます。

「そうなのよ。反抗ばかりして。友達の明子さんとは違うのだから……自慢も出来ない」

なぜ？　どうして明子さんが出てくるの？　もう学校で話すこともなくなったわ。

「何が……関係ないでしょう」

腹立ちまぎれに呟きます。

「まあ、いいわ。ほっときましょう」

玄関に入って、音高くドアを閉めた母。

「うるせい」

ありったけの涙声を出して弟は立ち上がりました。ズボンについた土埃を払い、弟の手をひいて玄関を開け、部屋に入ります。

「家のこと、何もしないのか」

母が台所から叫んでいます。

「まったく、うちの子供は」

「ほっとけ、あのバカども」

父の呆れたような声が聞こえてきます。すべてがバラバラに壊れるほどの怒り。心の奥底にまで突きささるような悲しさ。

「夢、夢が……畜生」

部屋に入った弟の声が襖の間から漏れてきます。激しい憤りが、ずっと心に残ったままでした。

十二

稲刈りが終わる季節になると、学校では一つの行事があります。遠足です。楽しいことのようですが、私にはそうではなかったのです。

小学四年の時に初めての遠足がありました。

クラスのみんなは新しい服を着て、新しい靴を履き、家で作ってもらったお弁当やお菓子をたくさんリュックサックに入れてきます。お弁当の時間になると友達と食べるのです。私は自分で洗ったいつもの服と履き古した靴、リュックサックに入っていたのは、おにぎり二個だけでした。お菓子も飲み物も入っていません。私はクラスの子に見られるのが恥ずかしくて木陰に身を隠して、一人で食べていたのです。それ以来毎年、遠足の日は仮病を使って学校を休みました。

最後の学年の今年、それは日光です。学校に何台ものバスが来てそれに乗っていくのです。クラスのみんなはこの日のことを何日も前から楽しそうに話していましたが、私にはまったく関心がありませんでした。この日だけは頭痛がするほど嫌だったのです。

弟も同じ日に遠足でした。惨めな気分にならないように、母にいろいろ買ってもらえるようにうまく言ってあげるから、と約束していました。

「明日は一郎が遠足の日なの。私は昨日から頭が痛くて行けない」

「どこに行くの？」

母は気が抜けたように尋ねます。

「近くの動物公園だと思うよ。みんな服や靴も新しいものなの。それにお金やお菓子も持っていくの。だから一郎にも、いろいろな食べ物を買ってよ」

「いいの。遠足は食べに行く所ではない、勉強に行く所なの。六年生にもなって、まだそんなことを言ってるの」

突き放すような言葉が返ってきました。

「だって村の子もみんな……」

言いかけましたが、それ以上言っても考えは変わらないとわかっていました。

十三

朝になって、珍しく台所からゴソゴソと音が聞こえていましたが、私は構わず寝ていたのです。

「早く起きなよ。頭が痛いといっても、いつまで寝ているの」

茶の間の襖を通して声が飛んできたのです。布団を這い出て、服に着替えて台所に行きました。

「ご飯は炊いておいたからな。それにお前のリュックを一郎に貸してあげなよ。その中におにぎりを入れておいたから……」

茶の間の隅にあった私のリュックサックがテーブルの上に置いてあったのです。中を覗くと、おにぎりが二個入っていました。部屋にいた弟に朝ご飯を食べるように声をかけてご飯をよそってあげ、二人で卵をかけて食べていると、茶の間の障子が開きました。

「よかったよ。頭が痛いから、一郎がお前のリュックを使えて……」

髪を整えて化粧した母が和服姿で、いそいそと玄関を出ていきました。弟は部屋でグズグズしていたようですが、リュックサックを背負って出かけていきました。

昼頃、父と母、それに弟や私の洗濯物を籠に入れて納屋に行くと、弟がいたのです。

「どうしたの。遠足に行かなかったの？」

藁の束を幾つか取り出して洗濯機の脇に広げ、その上で横になって目を閉じている弟に声をかけました。弟との約束が果たせなかったので、私は少し後ろめたさもあったのです。

「そこに、ヘビはいないの？」

またあのヘビが、と思うと身体が震えるのです。重そうに瞼を上げた弟が、ゆっくりと身体を起こして私を見ています。

「遠足なんか行くもんか。親によく思われていないバカと言われていじめられるから、一人でいた方がいいもの。それに、おにぎりだけだよ。他に何もないもの」

足元に置いてあった私のリュックサックからおにぎりを取り出して食べ始めました。

「そうよねえ。遠足なのに何も買ってくれないものねえ」

家にはお金があるのに、私たちにはお小遣いもくれない。そう思いながら、洗濯槽の水が音をたてて渦を作っているのを見ていました。するとその中に、一匹の蛾が飛び込んできました。それが水の流れに身を任せているのをぼんやり見ていたのです。この蛾を見ていると何かを感じます。

弟の寝息が聞こえてきました。

「大人になるまで生きていられるかなあ」、弱々しく微笑んで弟が言っていたことを思うと、なぜか悲しみが……。私にはどうすることも出来ないのです。水の中に指を入れると蛾はそれにしっかりと摑まり、濡れて重たい羽を動かして飛んでいきました。

「そんな所に寝ていると風邪をひくわよ。家で寝れば。それにお金を貰って床屋に行きなさいよ。洗濯物も干したから、乾いたら自分で着替えてね」

弟に声をかけました。部屋にいるよりもここで寝る方が気が休まるのでしょう。目を覚ますことはなく藁の上に横になったままで、リュックサックだけがポツンと足元に投げ出されていたのです。

十四

私は中学生になりました。小学校の時には欠席が多いと注意されていましたが、それでも中学生になれたのです。私にとっての喜びといえば、顔を隠すために長くしていた髪を切り、新しい制服を着たこと、それに長く履いていた靴が新しくなったことでした。

人づきあいが得意ではない私でしたが、出来るだけ教室では笑顔を絶やさないように心掛けることにしたのです。これからはいい子になろう、いろんなことをしよう、たくさんお友達を作り、人を尊敬して人に愛されるようになろう、と思ったのです。

でも成績もよくない私に、クラスの誰が声をかけてくれるというのでしょう。

「大きくなったら人をいたわる気持ちを持ってね」と口癖のように言っていた母でしたが、この頃では父ばかりでなく母まで、「悪い夢を見た。これもお前たちが悪いからだ」と私と弟に言うようになったのです。

それでも学校に行けば、楽しいとはいえないまでも人の中にいることで、少しは自分を慰めることが出来たのです。

若い男の先生が教室に入ってきました。立ち上がっている者、後ろを向いて話している者、みんながドヤドヤと席に着き、姿勢を正して教壇の先生を見ます。いつものように先生は端から端まで見回しました。

「どうした神田、いつものことだけど眠そうな顔をしているな。お前の父親から手紙が来ているぞ」

クラスのみんながいっせいに私の顔を見ます。

「また始まったよ。きっと悪いことをしたんだよ」

笑い声が混じった囁き声があちこちから聞こえてきました。どのようなことを言われようとも、私はうつむいて手を見ていました。朝ご飯を作るたびに包丁で指に傷をつけてしまいます。傷バンドを当てていたのですが、そこがまだ痛みます。

「では授業を始めよう」

もっと長く言われる日もあるのですが、今日は私への批判が短くすみました。

いつものことですが、私は授業など耳に入りませんでした。それよりも休み時間にクラスの人たちに何を言われるか、そちらの方が気になっていました。同じ村の子もいるので、その子が家に帰ってまた私のことを話題にしたら、村中で噂になります。それが母の耳にでも入ったら、「だから、お前は、友達がいないんだ」と何かにつけて同じ言葉を繰り返し繰り返し、母からも父からも浴びせられるのです。

笑顔も消えてしまいます。クラスの人たちの目につきさえしなければ、自分を守ることが出来ると思っていました。そのために、机に伏せるようにして椅子に座り、何かを書くことに熱中しているように見せかけて、顔を隠していたのです。

机の端に置いた筆箱が、どうしたはずみか机から落ちてしまい、けたたましい音をたてました。たちまち全員の視線が私に向けられました。慌てて床の上に散らばった鉛筆と消しゴムを拾い集めます。黒板に向かっていた先生が振り返って言いました。

「どうした神田、親を困らすなよ」

毎晩、食卓の料理にあれこれ言う父のように、先生の声が苛立っています。父と同じように私を殴りたいのでしょうか。

「また怒られているよ」

囁き声やクスクスと笑う声。みんなの声が私の肌に張り付くように感じます。

「静かにしろ」

先生は何やら言いながら、板書を続けていました。休み時間になると、またクラスの人たちの話題にされるのでしょう。これでまた私の噂が村中に流れると思うと、誰とも話したくなく机にしがみついていました。

学校に来れば少しは気が紛れると思っていたのですが、学校もつまらなく感じてしまいました。授業を抜け出して昇降口に行くと、靴箱に私の靴がないのです。靴下のまま、あちこち探しました。片方が校門の近くに、もう片方はトイレの入り口に投げ捨てられていました。私は海に向かいました。中学校の近くに、それも歩いて二十分ぐらいの所に海があるのです。家に連絡をされてもどうということはない、そのようなことは考えないようにしたのでした。

小学校の窓からは、こんもりとした森が遮って海が見えませんでしたが、中学校の私の席からは、遠くの家々の間から水平線がぼんやりと見えるのです。

お母さんの家にいた時に海で遊んだ記憶もよみがえってきます。波と遊んだ海。その頃を思い出して、いつも引き寄せられるように、授業中も窓の方ばかり見ていました。

あたりはすっかり春めいていていました。冬の凍結は溶け、雪の便りを聞くこともなくなりました。霜でこちこちになっていた岩のような地面も緩んでいます。風が冷たい空気と混じりあって吹いていた頃と比べて、今のこの風景はなんと穏やかなのでしょう。目の前に広がる空は、春の装いをしています。校庭の隅に咲いていた桜の花が散ると、あたりの木々は緑色の芽を出し、日ごとに鮮やかになっているようにも思えました。

広い平野のないこの土地。緑の濃い阿武隈山脈の稜線や、黒い石の上を滑るように流れて海に注ぐ川の音に耳を澄まし、荒波が押し寄せる砂浜を崖の上から眺めていたのです。

ふと砂浜を見ると、黒い一人の姿が目に入りました。ランドセルを砂浜に放り出して、裸足になり波を相手に戯れていました。よく見るとそれは弟、まちがいなく弟でした。

「一郎が……一郎がいる」

そういえば何日か前に、小学校の体育館の裏で泣いている弟を見かけました。見ないふりをして通り過ぎようとしましたが、つい、恐る恐る近づいて声をかけてしまったのです。すると弟は私を見て、一目散に駆け出していきました。ある日は弟が、泣きながら家に帰ってきたこともありました。それを見た母は理由も聞かずに、

「いい気味だ。親の言うことを素直に聞かないとそういうことになるんだよ。問題ばかり起こして。先生に手紙を書いたからな」

吐き捨てるように言っていたのです。おそらく私と同じように、親に反抗して困っている

というような手紙を送ったのでしょう。

野山育ちの私と弟は、うまく人に接したり話したり出来ないのです。先生からは「親不孝者」と言われて、それを聞いたクラスの人たちは、親や先生がよく言わないのだからいじめてやれ、と言います。私の机の中には、「学校に来るな」とか「犬のくそ」などと書かれた紙切れが入っていたり、靴を捨てられたりと、私と弟をいじめようとすれば、いくらでも方法があったのです。

しばらく弟の様子を見ていましたが、気づかれないように家に帰りました。

十五

翌日、学校から帰ると、茶の間でテレビをつけながら機械を動かしている母がいました。そういえば編み機を売りにきた人がいて、玄関で長々と話していたことがあったのです。パンフレットを熱心に読んでいた母は、ついに編み機を買う決心をしたようでした。

新聞紙で作った型紙を手元に置き、毛糸の玉を編み機にかけて、一つひとつの編み目を数えながら左右に編み機を動かして編んでいるのです。

「お前にセーターを編んであげないとね。四月だけど、まだ寒いからね」

珍しく、小川のせせらぎのような声色の、愛情に満ちた母の言葉でした。

「えっ、私に……」

お母さん、早く編んでね。きっと暖かいよね。今着ているのは袖など短くなってしまったし、それに汚くなってしまったわ。肘のところがすり切れそうなの。だって、村や町の「お茶飲み会」で母が貰ってくるお古だもの。クラスのみんなが新しいセーターを着ているのを見て、とてもうらやましかったわ。新しい物はどんなに暖かいでしょう。それに昔の母が戻ってきたのです。小さい頃のやさしかった母に……心の中で呟いていました。

「編み物をしているので手が離せないから夕食を作るのよ。今朝のご飯は硬かったからね」

まだ中学生なのよ。まあ、いいか、私のセーターを編んでいるのだから……。心も穏やかになって言葉を飲み込みます。

「もう大人だからね。なんでも出来ないとダメよ」

編み機の音に混じって、甘い声が母の口から流れてきます。

お金と食材を書いたメモを持ってスーパーに行きました。スーパーの入り口で、村の人が数人で話し込んでいたのです。

「あら、見てよ。あの家のお母さんがうちに来て、昔は旦那に殴られて、と言って泣いていたわ」

「いつもそんな話なのよ。嫌になるわね」

「そうでしょう。あのお母さんは殴られていたと言っているけどね、旦那も旦那だけど、本人も悪いのよ」

「そうそう、怖い人よ。何でも、朝晩、子供に怒鳴っているようなことを聞いたわ。だから子供までおかしくなるのよ。あの家の子は学校でも先生を困らせて、クラスみんなから嫌われているのよ。うちの子が言っていたわ」

そのような話し声が聞こえてきました。それでも聞こえないふりをしてスーパーに入ったのですが、買い物をしている人たちに顔を見られないように、そそくさと買い物をすませました。スーパーを出る時にまだあのおばさんたちがいたら、と少しためらいましたが、外に出なければ帰れません。出てみると先ほどの人たちはいませんでした。よかった。帰る道々考えました。私の家の噂は、村や町の誰でも知っていることなのに、父と母はそのことを一向に気にかけていないように見えるのです。それでいて「人様に……」と言って私たちを責めるのです。

どのようなことを言われたとしても、今の私は新しいセーターを着られることが嬉しかったのです。

帰ると、母は相変わらず編み機を動かしていました。夕ご飯の用意に、慣れない手つきで包丁を使いますが、まだ傷バンドの所が痛みます。スーパーで買ってきたお総菜を皿に盛り付けました。

家によりつかない弟でしたが、今日は裏口を開けて入ってきて、台所の椅子に腰を下ろしています。身体から発する強烈な匂い。長い髪の弟は、編み機を動かしている母の姿を一目見て、目をそらしました。

「風呂に入りなさいよ。早く沸かしておいたんだから……」

声をかけたのですが、それには一向に興味を示しません。

「ガス代がもったいない。早く風呂を沸かすな」

編み機の音に混じった母の声。

「何か食べさせろよ」

弟は声もうわついて、視線はあちこちをさまよい、そわそわして落ち着きがないのです。私は茶碗にご飯をよそって出しました。父の自転車の音を聞きつけて、弟は口に入るだけご飯をほおばり、裏口から出ていきました。

茶の間に入ってきた父は呆然と立ち尽くしている。

「何の音がしているのかと思ったら、編み物の機械か」

呟くように言いました。

「それは俺に編んでいるのか、ありがたいね」

ニタニタと笑みを浮かべているのです。

「俺より早く食べたな。まあ、いいか、こいつの飯はまずいからな。会社の帰りに食べてきたよ」

テーブルの上の皿を見て、茶の間に腰を下ろしてテレビをつけます。

やっと母が編み機を止めて台所に来て、「この程度の料理なの」と言いながら食べ始めました。すると、すぐに父の声が聞こえます。

「バカだから、たいした料理は出来ないんだよ」

「うるせい、何でも口を出すんだからな、クソ親父」と怒鳴り返したい気持ちです。でも口に出したらそれこそ、何が起こるかわかったものではないのです。

十六

「何時だと思っているの。早く起きなさいよ。親の言う通りにしていれば、いいことがあるんだからね」

いつもの怒鳴り声。この声を聞くと、もう気が狂いそうです。ぐずぐずして起き出せずにいたのですが、父が会社に出かける足音がしたのでやっと起き出して、台所に向かいます。

台所は冷え冷えとしていました。母が起きてくる様子もなかったのです。

「私の食べる分も作っておきなさいよ。編み物をして疲れているんだからね。自分ばかりではだめよ。人をいたわらないとね」

甘い穏やかな声になっています。

「パンと目玉焼きでいいでしょう」

これで学校で水を飲むことはないと思っていると、夜になって出ていった弟が、父の自転車が納屋にないのを見届けてから、裏口から入ってきました。そして一緒に朝ご飯を食べたのです。

茶の間の障子を開ける音がしました。

「何だ。お前は朝になると帰ってきて。悪いことばかり考えているんだからな。それに、私が昼に食べる分は作ってないの？　人を思いやる気持ちがないのだから、まったくうちの子供は」

起き出してくる様子もなく、障子をピシャリと閉めました。

「ご飯を炊いてあるから、後は自分でしてよ」

「人を思いやるって何よ。自分のことばかりで……」と腹立ちまぎれに言い残して、玄関を出たのです。

学校に行く道々考えます。あのような声で怒鳴るのだから、ひょっとしたら私にセーターを編んでくれないかも。いいえ、そのようなことはない、と思い直すのです。きっと編んでくれるに違いない、だって私の母なのですもの。朝晩に怒鳴っているけど、あのやさしかった母なのです。

教室でも自然と笑みが浮かび、にこにこしていたのです。

「どうしたの、そんなににこにこして」

クラスの女の子が不思議そうに尋ねます。授業を途中で抜け出して海に行くこともなくなりました。学校から帰る道々、目に映るものすべてが新鮮に思えて、いつもより足取りも軽くなっていました。

玄関を開けると、茶の間から編み機の音が聞こえてきました。

「お母さん、まだ終わらないの」

弾む口調を抑えながら言いました。

「見てわかるでしょう。大変なの。初めて編み機で編んでいるんだからね。それにこの皿を洗ってちょうだい」

「えっ、この皿、これは、どうしたの」

「朝から大変なのよ。お前がやらないから、部屋を掃いてそれから洗濯をして、そしたら眠くなったのでひと眠りしたの。昼にお腹がすいたから、おにぎりを作って食べたのよ」

編み機を左右に動かしながら、編み目を数えています。炊飯器の蓋を開けると空っぽだったのです。弟の食べる分は……？

「ご飯を全部食べてしまったの？」

「そんなことより、そこにお金があるからスーパーに行って、今晩の夕食を作りなさいよ。何度も言わせないでね」

トーンを抑えたこの声は、人に頼み事をする時や同情を求める時に使う口調でした。仕方なく母に言われるまま、食材を書いたメモを持ってスーパーに行ったのです。いつものように入り口で話しこんでいる村のおばさんたちを見かけましたが、気にしませんでした。

家に帰ると、編み機を動かしながら母が言いました。

「いつもしていることだからわかるでしょう。それに硬いご飯を炊いてはダメよ、水加減をきちんとしてね。身体が痛いのに、我慢して編んでいるのだからね」

「はい、これから気をつけます」

私も今までとは違う声。自分でもどこから出たのか驚くような声が出たのです。でも、水の分量には自信がありませんでした。前に教えてもらった記憶を呼び起こして何とか軟らかく炊こうとしました。だって母は、私のためにセーターを編んでいるのです。こんなことは今までなかったのです。

「これでは長さが足りないかな、あともう少し長く、大きくした方がいいな」

独り言を言ってます。

「お母さん、それ、私に編んでいるのよね」

不思議に思った私は尋ねました。だって、途中まで出来たセーターを編み機から外しては、自分の身体に当てていたのです。

「そんなことはどうでもいいの。いつもお前たちのことを思っているんだからね」

編み機を動かす母の両腕から両肩は、しなやかな線を描いています。

会社から帰った父は母の様子を窺いながら風呂に入り、料理については一言も文句を言わないで、絶えずにこにこして食べているのです。

「うまく出来たわ。絵柄もいいし、私にピッタリよ。どう」

甘ったるい口調で、台所にいる私に声をかけてきました。茶の間の隅にある鏡に向かってピンクのセーターを着た母の姿が見えたのです。私も父もあっけに取られて見ていました。

「お母さん、私のではなかったの？」

言いようのない哀しさと口惜しさで母を見つめます。鏡に映った母の姿。口元を締め、顎をひいてしばらく自分に見とれています。

「お前、それは俺に編んでくれたんじゃなかったのか。そう思っていたよ。でも違うよな、ピンクだもんな」

　ピンクのセーターを脱いだ母は、編み機の前に座り直しました。

「余った毛糸もあるから、今度はそれで編まないとね」

「じゃあ、今度は私のでしょう」

　やっと出た言葉でした。まるで急に空が雲におおわれたような、味気ない気持ちになっていたのです。今度こそ私の物を編むのだろう、と思いました。

「いや、俺のだ。お前ではない。今頃はまだ自転車だと手が冷たいんだよ。ハンドルを握っているのが大変なんだから、俺のだぞ」

　私を遮り、父までもがひきつったような顔をしています。苛立たしげに立ち上がって、棚から酒の瓶を取り出してコップになみなみと注ぎ、テーブルに着いて一気に飲んでいます。

「何だ、この飯は。俺はな、軟らかいのが好きなの」

　炊き上がったご飯が硬すぎました。炊飯器の目盛りに合わせて水を入れたつもりですが、量が足りなかったのです。そしてまた、料理の批判が始まったのです。

　ご飯の炊き方が悪いのはもちろんのこと、味噌汁はもう少し味噌を控えめにすること、料理の味がない、何よりも料理の彩りが悪い。お総菜の油がよくないことまで、延々と文句を言うのです。

黙って聞いていないと、いつ怒り出すかわからない。小さい時からそんな父を見ていますから、どんなことがあっても、洗濯槽の水に浮かんでいた蛾のように耐えなければなりません。食欲はすでになくなっていました。

「俺に編んでくれないのも、こいつらがいるからだ。面白くもない」

いまいましげに口に箸を持っていきながら私を睨みます。

茶の間でゴソゴソと編み機の周りを片付けていた母が、「頭が悪いから仕方がないのよ」と言って台所に来て、さっさと食べ始めます。

「こいつらは他人様とは違うからよ。同じことを何度言われてもわからないんだよ」

父は手に持った箸を私に向けます。

「そうね。世間様は幸せそうでうらやましいわ。子供を自慢出来てね」

母が同意しましたが、私は黙々と皿を洗っていました。父は酒を飲み終わると、不気嫌そうに立ち上がって茶の間に入りテレビをつけます。

父が食べ終えた皿を見ると、なめるようにして食べたことがわかりました。「何なの、あれほど料理に文句を言っていたのに、全部食べたんだ」と呆れたような思いでいました。

これまで私を支えていた力が萎えていきます。部屋に戻って窓に近寄りました。中庭はすっかり暗闇の中でした。部屋の灯りに照らし出された地面には花などはなく、黒ずんだ木の葉が落ちていました。空には星がぼんやりと、二つ三つ輝いています。

毎年、冬は、身につけている衣服だけで厳しい寒さから身を守るには不十分でした。靴は一足しかなく、それもかかとのあたりがすり減っていました。

傷バンドを巻きつけた手も、足と同じようにかじかんで霜焼けになっていたのです。足の指が腫れてくると、気も狂いそうなほど痛がゆくなり、我慢しますがまた朝になってふくれあがります。皮がむけて硬くなった爪先を靴に入れる時の痛さは耐え難いものがありました。それが春先まで続きます。

ご飯を食べるように声をかけようと弟の部屋を覗くと、先ほどまでいたはずの弟がいませんでした。お腹がすいているはずなのに、「食うことばかりで」と父や母に怒鳴られるのが嫌なのでしょう。おにぎりを三個作って皿にのせ、テーブルの上に置いておきました。

母が私の部屋の障子を開けました。手には編み機を重そうに持っていたのです。

「余った毛糸があるけど、もう編み物はやめたわ。大変だからね。それにもう少しで暖かくなるから、これからは自分のために楽しまないとね」

そう言いながら、私の布団が入っている押し入れに編み機をしまい込んだのです。

十七

私は中学三年生になりました。相変わらず単調な日々が続いていました。いつものように洗濯物を持って納屋にいると、めったに来ない隣のおばさんが来ていて、玄関先で母と話し込んでいました。母は人がいるといつもの調子で涙声になり、父に殴られた日々を話していました。帰りがけに近寄ってきたおばさんが、

「洗濯をしているの。よく家のことをしているね。恵子ちゃんも、だんだん女らしくきれいになってきたね」

柔らかな笑みを浮かべて言ったのです。

おばさんの笑顔。このようなやさしく幸福そうな笑顔は、学校の行き帰りに出会う人たちや先生、スーパーで見かける人たちにも、見たことがありません。そういえば、お母さんの家にいたお姉さんの笑顔も同じでしたが、久し振りに見た笑顔でした。人から褒められたことのない私は嬉しくて、自然と微笑んでいました。

様子を見ていた母が、私たちに近寄ってきたのです。

「何が……、聞いて呆れるわ。いつも私から小言ばかり言われているのよ」

眉間を神経質そうにぴくぴく震わせて、たたきつけるような口調で言い放つのです。おばさんは、母の変わりように驚いていました。

「そうじゃないでしょう。いつまでも子供は可愛いでしょうよ。こうして家の手伝いをして

いて……」

おばさんは声を詰まらせながら言います。

「でもねえ、苦労して子供を育てて食べさせているのに、親をババアと言ったり、死ねと言ったり。手を焼いているのよ」

母は身体から匂いを出して、仕草までも先ほどとは違っています。

「何もしてくれないもの。ＰＴＡの集まりだって一度だって来たことがないじゃあないの。編み物だって、私や弟に編んでくれないもの。自分ばかりいい思いしてるだけです」

私は母の嫌な声色に驚いて幾らか顔もひきつり、絞り出すように怒りを含んだ声で言いました。

「こうして口ばかり大人の言い方なのよ」

「そうね……。まあ、親が言うのだから……」

親しみを満面に浮かべていたおばさんも、だんだんとこわばった顔になり私を見ています。

「そうなの、先生に手紙を書いてお願いしても、直らないのよ」

「嘘ばかり言って。何よ、私にばかり家事をやらせて、それにその匂いは、ああ嫌だ」

我慢しきれず、私は鼻に手をあててそそくさと洗濯籠を持って、玄関に向かいました。

「ほら見てよ。あのような言い方しか知らないの。親に反抗して怒鳴ったり、私の苦労はつきないのよ」

　誰はばかることもなく言う母に、おばさんは返す言葉が見つからないようでした。おばさんが帰ってしまうと、

「いつまで部屋にいるの。籠にある洗濯物を畳んで、それに台所を掃いて廊下も磨く。何度、同じことを言わせるの」

「うるせい。人が来ると私のことを悪く言って。私が何をしたって言うのよ。先生に手紙まで書いて……私や弟の学校でのことなど、一切、聞かないくせに、ババア」。声に出すことは出来ませんが、腹の中では、文句ばかり言っている母にムカムカしていたのです。籠に入った洗濯物を置いたまま、買い物袋を持って玄関を出ました。

「大きくなったら人をいたわる気持ちを持つように」、「悲しみを分かち合える人になるように」と言っていた母ですが、それさえもうないんだ、あいつの言うことなんて信頼出来ないんだ。

　スーパーの入り口で話し込んでいる村のおばさん数人を見かけました。

「見てよ、あの子。どうして子供にもっと良い服を着せてあげないのかね」

「そうよ。私がお茶飲み会で娘の服をあげたのよ。あの子の弟も髪は伸び放題で盗みはするし、母親も、朝晩、旦那や子供を怒鳴っているというじゃあないの」

「そうなのよ。私の家にまで聞こえてくるわ。嫌になるわ」

囁き声が耳に入ってきます。何食わぬ顔でスーパーに入ったのですが、店内でもおばさんたちに出会わないように顔を出来るだけ伏せたまま、急いで買い物を終えました。出る時にはさいわい誰もいなかったのですが、まだ母への怒りが収まったわけではありませんでした。とにかく、誰にも会わないように足早に帰ったのです。

夕方近くになると、隠れて家の様子を窺っていた弟が、堂々と台所に入ってきました。納屋に自転車がないことで、母と私しかいないと確信を持ったのです。長い髪の間から他人を見るような目付きで、顔にも垢がこびりついたまま、にこりともしないでこちらを見ているのです。

稲を植えたあの頃は弟を身近に思えました。けれど、父がいない時に弟は、冷蔵庫だけでなく茶の間の茶箪笥に針金を差し込んで鍵を開け、父の菓子を食べていたのです。帰ってきた父は菓子がないのに気がつきました。私が怒られたのです。それに学校でも、弟が店から物を盗んでいるという噂が流れて、そのたびに私まで悪く言われていたのです。

そんな弟にはやさしい言葉をかけたり、同情などすることはないのだと思いました。夕ご飯を食べようが食べまいが、どこで寝ようが、私にはどうでもよくなっていたのです。

弟の脂じみた匂いが身体全体から漂ってきました。冷蔵庫の中から食べ物がなくなっていることはよくありましたが、風呂にも入っていない汚い手で炊飯器からご飯を摑み取り、口に入れたのです。

「どうしてそんなことをするの、何でも食べてしまうのだから……」

茶の間にいた母が怒鳴ります。

「それは私が作った煮物。鍋から食べるなよ」

母は唇を真一文字に結び、両手の握り拳が震えています。

「うるせ、腐れババア」

花火が炸裂《さくれつ》したような声が返ってきます。髪の隙間からこちらを見ているのです。恐怖とありとあらゆる不安に満ちた弟の大きな目は、むしろ悲痛な光をたたえて、じっと母の顔を睨みつけています。

「そうよ。そうだわ」

思わず私の口を突いて出ました。弟が鍋から食べていることには腹がたちましたが、母が恐ろしくもあったのです。私と弟を見る母のその目はヘビを殺した時の目付き、父が睨む目付きと同じなのです。

「何だと、もう一度言ってみろ。親を殴るなら殴ってみろ。いずれ警察が来るからな。テレビでもそんなニュースが流れていたわ」

身体から父と同じような匂いを出して腰を浮かせ、負けじと母がうなっているのです。

炊飯器から茶碗にご飯を入れ握り飯にして、弟はすごすごと裏口から出ていきました。髪を振り乱したたらしない後ろ姿は、哀れみをも感じさせました。

「どんな言葉を使って言ってもダメか、あいつは……」

今まで胸にためていた不満を爆発させるような声で言った母は、裸足のまま裏口を出て、後ろから弟の頭を殴ったのです。

「お前みたいなダメなやつが悪いことをするんだ。それにこいつは男だからな。何をしでかすか」

弟は倒れ、その場に泣き崩れていましたが、両手の握り飯だけはしっかりと握っています。泣き声だけが聞こえてきました。

台所に戻った母は足を拭きながら、

「悪いことばかり考えて、誰に似たのか。恵子、玄関にほったらかしてあった洗濯物は、私がたたんで籠にしまったんだからな」

今度は私を睨んで言うのです。

「さっさとやれよ。お前らを五体満足に産んだんだから、私の奴隷でいいの」

茶の間の障子を倒れるような音で閉めました。

「自分でやれ。編み物だって自分の物ばかりで」

小さな声で言ったものの、テレビの音にかき消されてしまいました。また茶の間の障子が開きました。線香の匂いが漂っています。母は薄曇りの日の川底のように光った目で、探るように私を見ます。皺の寄ったこめかみ、肉が落ちた頰、やや猫背気味で私をじっと見ているのです。

「ほれ、そこ、拭いてないよ。それに雑巾をぬらして食器棚も磨けよ」

お前の間違いは見逃さないぞ、というような目付きで言うのです。少しでも間違えようなら、ありったけの力をこめてなじるのです。ですから私は、怯えながら行動するようになっていました。毎日が不安で、気が休まらないのです。部屋に戻った私の右手には青くアザが浮き出ていました。

ふと窓を見ると、小さな一匹の蛾がガラスに張り付いて、羽をバタバタさせていましたが、ボウッとしているうちにどこかに行ってしまいました。

第七章　高校入学

一

中学卒業が近づく頃になりました。私自身、家の仕事に追われて勉強はそれほど出来ませんでした。それに、クラスの人たちは塾に通っていたのです。私にはそんな時間の余裕などありませんでした。それよりも私の頭には、中学生になった頃から「逃げる」ということが漠然と浮かんでいたのです。もう嫌、こんな所にはいられない、そのような考えが浮かんでいたのです。もう少し頑張れば、この家を出て働くことが出来るのです。

ある晩、茶の間にいた父が電話で長々と話をしていました。電話を切ると、私を台所に呼び出したのです。父の怒りを買い、怒鳴られ殴られると覚悟していたのですが、「お前は高校に行け」と言うのです。

「高校に……」

呆然と立ち尽くしていた私に、「隣のおじさんから電話がきて、話のついでにお前のことになった。昔と違ってこれからは女性も社会に出る時代だから、高校に行かせてあげなさいと言われた」と言うのです。思いもよらない言葉に、母は啞然として半ば口を開いています。

「そうだよ。俺には他人からの評判が大切なの。子供にはお金が出せないのだろうと他人から言われて村全体に噂が流れると、俺の恥になるからな」

わかったような、わからないような顔付きで聞いていた母。

「料理の学校に行って私を助けて欲しいのに、まあ、世間体があるのだから、それにあなたが言うのだから仕方がないわね」

母は心の底では父を恐れているのですから、反対は出来ません。

結局、父の言いつけを守り、高校の入学試験を受けることになりました。一つは県立高校です。隣町にある私立の高校も二つ受け、やっと一つの私立女子高校に受かったのです。その高校に行くことになりましたが、入学式までにはまだ日にちがありました。

少しでも家から離れたい。逃げる場所が欲しかった私は、東京のおじさんと行った、小高い丘に行ってみようと思いたちました。

丘に続く杉林の小道にはぬかるみもありましたが、一面の枯れススキの間からは新芽が出ていました。丘の上に立つと、眼下には柔らかな日の光を受けた村と耕作地になった斜面が広がっていました。なだらかな傾斜の先には松林に囲まれた家々が点在していて、その間からわずかに海が見えます。草の上に腰を下ろしました。

私は、胸に下げている六つ葉のクローバーを取り出しました。それを見ていると、明暗様々な思い出が、とぎれとぎれに浮かんできます。

おじさん、あの頃が懐かしいわ。おじさんのゴツゴツした手。私の頭をなでてくれた手。温かかったわ。初めての経験なのよ。

声に出して叫びました。

涙って懐かしい時に出てくるのね。悲しい時に出てくるのではないのでしょう。おじさん、そうでしょう。私、大きくなったわ。頑張っているの。おじさんは、私の前にきっといい人が現れて助けてくれる、と言っていたわね。どんな人なの。でもおじさんでいいわ。私の中におじさんがいるんだもの。

だからおじさん、また来てよ。

そして、大きな手で私の頭をなでてよ。

お願いね。お願いよ。

おじさんへの想いが心にじんわりと広がり、頰を伝わる涙は流れるに任せていました。

杉の木がかすかにざわめき、それが他の木に伝わり、葉ずれの音一つひとつから、季節を知ることが出来ました。それは晩秋のさざめく音ではなく、柔らかいさやさやとした春の音でした。昨夜の雨に濡れた林では、まるですべてのものが微笑むようなかすかな風がそよぎます。杉の木に絡みついた山葡萄の葉も美しく見えます。

あたりがすっと薄青い空気に包まれると、林も鮮やかな色彩が消え、網目のような細い枝葉の間からふいに日差しがこぼれます。時たま鳥の鳴き声が、小さな鐘を鳴らすように響きわたっていました。

湿った空気の中で、軽やかな音楽のように、精気が私の身体に流れこんできます。

太陽が傾き始めて肌寒さを感じると、涙を拭いて立ち上がりました。足元のススキをかき分けて麓に出た頃には、家々から暖かな灯りが漏れ、人肌に包まれるような幸福感を感じます。ゆっくりと家に帰りました。

部屋でぼんやりしていると母が障子を開けて、「どこに行っていたのか」と言って私を睨むのです。

「どこだっていいでしょう」

私も負けずに言い返したのです。

「何だ、その言い方は。今晩のご飯はどうするの?」

男とも女ともつかない匂いを身体から出して、私をじっと見ています。

「だったら、私の高校進学祝いに外に食べに行ってもいいでしょう。一度も店で食べたことがないんだから。こんな時ぐらいしかないもの。お父さんだって外で食べているんだから、それぐらい……」

「親父のことは言うな。それよりも一郎が家にいてな。あいつめ、中学生になって、今度は私の襟首を摑んで廊下に引っ張っていったの。殺されそうになったんだからな」

「私は何もしていないよ」

私もいくらか腹が立ったのです。

「あいつめ、男の本音が出たよ。昨夜の夢の中でもそうだった」

私は押し入れから布団を出して寝てしまいました。

台所でゴソゴソ音がしていました。父が帰ってきた音が納屋の方から聞こえます。その音に驚いて、慌てて起き上がりました。いつもと違う歩き方の足音なのです。それにあちこちに身体をぶつけながら歩いているのです。

大丈夫、何も起こらない。父と母の様子をじっと窺っていました。

「どうしたの顔を紅くして、酒でも飲んだの」

母の声が台所から聞こえました。

「ちょっと人に会ってな。酒をごちそうになったんだよ。自転車を引いて帰ってくるのも大変だった」

いくらか舌がまわらないような口調です。よかった、部屋に入ってくることはないわ。安堵感で身体中から力が抜けました。

「あの息子に殺されそうになってね。私の襟首を摑んで廊下に引っ張っていって、それからあたりを引きずり回すのよ」

「また、そんなことをしたのか」

憎しみをともなった、投げやりな大声。

「うちの子供はそろいもそろって。あの娘も、ご飯を作らないいんだよ」

哀れをさそうような、沈んだ女の声色の母。

「それで、どこにいるんだ。あいつは部屋にいるのか。少しは話をしないと……」

慌てて布団から起き出して窓に寄りました。

「外に出ていきましたよ」

「そうか、困ったやつだ。この世には悪い噂ばかりでいい話はないんだよ。人の口ほど恐ろしいものはない。だから人の上に立って偉くなれば、人から悪い噂を立てられることもなくなり、みんな頭を下げて近寄ってくるようになるんだ。そのような世間がわからないのだから、まったく……」

「そうよね。それに、悩みを聞いてくれるのも世間様。同情もしてくれるわ。それが世間様なのにね」

私や弟、それに自分たちが人様からどう見られているのか、ということは父や母は考えてもいないのです。そのような父と母には、不信感ばかりが増幅されていくのです。

「それはそうと、外で酒を飲むなんて珍しいね」

「ああ、座禅の仲間でな。みんな子供を自慢していたよ。俺は恥ずかしいから小さくなっていたけど……」

「そうよね。人様によく見られれば、この家はいつまでも安泰なのにね」

「子供の成績がよければ評判になって、俺が世間から注目されるんだよ」

「気の毒に……。それに娘も不出来だからね」

「ああ、どうしようもないよ。俺は人よりも努力して頑張ってきたのに……あいつらのせいでこの家もどうなることやら、情けないよ」

窓を閉めて頭から布団をかぶりました。

「先生に手紙を書いてお願いしてもムダだったね。どうして村の子供たちとは違うのでしょうね。親は苦労して育てたのに、がっかりね。こんな子供なら産まなければよかったわね」

「仕方がないよ。もう子供は頼りにならない。それからな、俺は飯はいらないよ。食べてきたからな」

茶の間に入った父の落胆の気持ちがありありと窺えます。

「あら、そう、ご飯を炊いてしまったけど、いいわ。私が食べるわ」

台所から騒々しい音が聞こえてきました。どうして、子供を自分の人生の尺度にするのでしょう。私は投げやりな気持ちになり、そのまま寝てしまったのです。

夜中に台所から音がするので目が覚めました。そうっと障子を開けて廊下を這っていくと、台所で弟が立ったまま食べていたのです。茶の間から父が出てきたら、すぐに逃げようと思っていたのでしょう。私が立てた音に気づき、持っていた茶碗を置いて、探るような目付きでこちらを見たのですが、母ではなく私で安心したのか、また食べ始めました。私もお腹がすいていて食べたかったのですが、寝てしまえば空腹も忘れてしまうと思い直して、寝ることにしたのです。おそらく父は酔い潰れたのでしょう。母は気づいているはずなのに、茶の間の障子が開くことはありませんでした。

二

学校が終わっても、家に帰りたくないと思うのです。放課後、ベンチに座り、運動場でサッカーをしている人たちを見ていました。気がついたら夕暮れ時になっていました。夕ご飯の支度をする時間が過ぎてしまったのです。帰りが遅くなったことに、少しの後ろめたさはあったのですが、母が夕ご飯を作っていたのでひと安心と、部屋にいました。母の告げ口で、また私が父の怒りを買うでしょう、その時には弟のように逃げるよりも殴られていようと、あきらめの気持ちになっていたのです。夕ご飯が出来ても声もかからず、台所からは父と母が食べている音が、聞くともなく耳に入ってきました。

ほどなくして父が、箸で皿をたたき料理について文句を言っている声が聞こえてきました。この頃、ご飯を思ったように炊けるようになったのですが、それでも毎晩のように父は、食べる前に料理のことでゴタゴタと文句を言います。酷い時は、皿を箸でたたきながら言うのです。隣で聞いている母は、父の言うことに頷きながらほくそ笑んで食べていたのです。それが、今夜は母が言われているのです。

「いい気味」、もっとやれ、そのような気持ちになっていました。

「このようにしか出来ないのだから仕方がないでしょう。黙って食べてよ。ご飯がまずくなるから」

感情をむき出しにした母の大きな声。私が父から言われていることがどれほど辛いか、わからないのでしょうか。

「もっとやれ、あいつら」、父に母に、腹が立っていたのです。

「何だと。飯がまずいと言っているんだよ。子供の躾《しつけ》も出来ないで、何だ」

あらんかぎりの声で怒鳴っている。このまま収まる父ではないのです。恐怖が身体を駆け巡ります。必ず私か弟に、その怒りをぶつけてくるのです。殴られるのはたまらない。開けた窓に足を乗せます。でもまだ早いと思い直して、障子に張り付き、聞き耳を立てました。

「こんなまずい物を俺に食べさせるのか」

皿の割れる音。

「これもみんな、あの娘が悪いの。あんたに似ているのよ」

母が声を絞り出している。

「あいつら、自慢も出来ない」

テレビの割れるような音が茶の間から聞こえてきました。しばらくすると台所も静かになったのです。床の上に投げられた物を母が片付けている音。私は窓をそうっと閉めて、布団を敷いて寝てしまいました。

三

夜遅く、お腹がすいて目が覚めましたが眠気がまさって、また眠りました。

翌朝、父は「夢見が悪かった」と言って怒鳴ることもなく、そそくさと玄関を出ていきました。台所にいた、起き出したばかりでぼさぼさの髪の母に私は、学校の補習時間に使う教科書を買うお金を出して欲しいと言いました。

「この腐れガキが、お前のせいで親父から怒られた」

そう言って、茶の間に入ってしまいました。

炊飯器の蓋を開けると、わずかに昨夜のご飯が残っていました。食べようとしたのですが、これは弟が家に戻ってきた時に食べる分、そう思い直して、鞄を持って家を出たのです。学校では先生に、「忘れました」と言い逃れをして、母が機嫌がよくなるまで待つことにしたのです。出来るだけ母の機嫌をそこねないように、でないとお金を出してもらえません。

お腹がすいても一日くらい辛抱出来ると思っていたのですが、お腹がぐうぐう鳴って、その音を隣の子が聞きつけてくすくす笑っているのです。授業など頭に入るはずがなく、恥ずかしさで頭がいっぱいでした。仕方なく、休み時間に水をたくさん飲みました。クラスの人に笑われないように、お腹をみたすために水を飲むしかなかったのです。

とにかく家に帰ったら私がご飯を炊いて、お腹いっぱい食べたいという思いで、足早に帰りました。母は出かけた様子もなく、茶の間の障子を開けたまま、まだ怒りが収まらないようなむっつりした顔をしています。

炊飯器の中を見ると、弟が食べたのでしょう、米の一粒も残っていませんでした。

「これ、残っていたご飯、一郎が食べたのでしょう」

「私が食べたの。あいつに食べさせるか。また私は襟首を摑まれて、廊下に引っ張っていかれたんだからね。あいつめ。いいから買い物に行ってこい」

お金が入った財布を投げつけます。胸にあたった財布を拾って、私はスーパーに行きました。メモを取り出して何を買うか考えていると、背後から弟の声がしたのです。

「俺にも何か買ってよ」

どこにいたのか、弟が近寄ってきたのです。

「何も食べてないの。腹がすいて……」

「何が食べたいの？」

ためらいながら聞いたのです。

「あそこにあるハンバーガー」

「わかったわ。取ってきていいよ」

弟は三個も手に取り、スーパーから出ていったのです。家に帰って、残ったお金を母に渡しました。

「何だこれは。お金が足りないよ」

口を固く結んで睨む母。

「そんなことはないわよ。ちゃんと数えて、お釣りを貰ってきたもの」

「嘘を言ってもわかるの。まったく嘘ばかり言って……」

頭を、これでもかとばかりに殴られたのです。

床に伏せて殴られるままにしていると、涙が出てきます。

「さあ、言え、何に使った。嘘ばかり言って、何に使った」

弟にパンを買ってあげたと言いました。

「今度こんなことをしてみろ、親父に嫌というほど殴ってもらうからな。ろくな娘でないんだから……、台所の床を拭けよ」

涙を拭いながら台所の床を拭きます。それから夕ご飯を作り始めたのですが、母は一言も言わず、茶の間から私の様子を窺っています。

「このガキども、それにあの腐れ親父」

仏壇に向かい、線香に火をつけたのです。白い煙が立ち上りました。

「こいつら、あの腐れ親父も呪ってやったわ。ネチネチと文句を言って、結婚してから殴られ続けて……。月に三度も町の寺に行って座禅をしているけど、何も変わりやしない。嫌になるわ」

深いため息を漏らして独り言を言っています。父の前では「あなた」、いない所では「腐れ親父」と言葉を使い分けています。線香の匂いが鼻につく。もう嫌だ。早くここを逃げ出さなければ……。

するとが裏口を開けて弟が台所に入ってきたのです。母は弟を睨んでいます。

テーブルに座った弟。

「何か、食べさせろよ」

長くなった髪で、何日も風呂に入ってない強烈な脂の匂いを放っています。

「もうお腹がすいたの？　さっきハンバーガーを食べたでしょう」、言いかけたのですが、母の声が飛んできました。

「こいつめ、ムダ遣いばかりして……」

口を強く結んで、両手は握り拳にしています。

「うるせい、自分ばかりで……」

両手に拳を作って母を睨み返してる弟。

「そう言っていろよ。このガキが……、親に反抗ばかりして、学校に行っているのか。それになな、夜になると家を出ていって、昼頃に帰ってきて。悪いことばかりして……。だから先生や友達にもよく思われないんだよ」

母は立ち上がって仏壇に近づき、また線香に火をつけました。

「ご飯はまだ出来ないから、これでも食べて」

ポテトフライを作って出したのです。弟は母の様子を横目で見ながら食べ始めます。

仏壇の引き出しをゴソゴソ探していた母が財布を摑んで、

「金をムダに使うなよ。床屋に行け、ほら、持ってけ、この泥棒」

台所にお金を投げたのです。

弟は椅子から立ち上がって、足元のお金を拾い集めました。

「いいか、ムダ遣いしないで床屋に行けよ。後で腐れ親父に嫌というほど殴ってもらわないと。足の骨でも折ってしまえ、出来そこない」

母の胸が小刻みに上下し、声が飛び出します。弟はポテトフライで口をいっぱいにして、お金を摑んで裏口から出ていきました。

「あの、話が……」

恐る恐る言いました。

「何だ。何の話があるの」

「前から話そうと思っていたんだけれど、家のことをしているのだから、お小遣いをください。クラスではみんな親の手伝いをしてお金を貰っているわ。私だって欲しい。くれないなら、スーパーに行ってみんなに言いふらすから。それに、もう絶対に家のことをしないわ」

幾らか怒りを含んだ言い方をしたのです。

「何だと、お前も金か……」

「ノートや鉛筆だって、それにポケベルも必要だし……ダメなら何もしないわ」

学校では誰もがポケベルを持っていました。ポケベルは直接話すことは出来ませんが、打ち込んだ語呂あわせの数字を、相手が文字として解読する物です。伝達手段として中学校では話題になっていたのですが、私は特に必要ではありませんでした。でも高校生になって、使わなくても持ちたいと思ったのです。それにお小遣いを貯めて、この家を出ていく資金にしようと考えていました。

「ポケベルだって……」

「ダメならいいよ。隣のおばさんにも言うから……不満はいっぱいあるから、それも全部言うわ」

今までの不満を吐き出すようにキッパリと、強い口調で言い放ったのです。

「大人ぶったことを言って。家の恥を人様に言うというのか。わかったよ。わかったから、あれ……線香が消えてしまったわ、またつけないと。こいつらが何を言い出すかわかったものではないからな」

熱心に仏壇に向かって手を合わせている母。墓参りなどしないのに。その後ろ姿を見て、

「腐れババア、ヘビにでも飲まれてしまえ」と声にならない声を出していたのです。

四

学校では出来るだけ笑顔でいようと思っていたのですが、それも忘れていました。普通の顔付きでいることさえ辛くなる時があるのです。そのような私に、前の席の女子が話しかけてきました。彼女は不思議なほど柔らかく、ゆっくりと静かな口調で話すのです。普段、怒鳴り声の中で生活している私は、それが当たり前と思っていました。

ですから私は、彼女のことをよくわからない人と感じていましたが、なぜか引かれていました。木田めぐみさんといって、すらっとした、小説に出てくるような容姿でした。彼女は町に住んでいたので、小・中学校は私とは別の学校でした。昼のお弁当を、机を並べて一緒に食べるようにもなりました。

私にとって今までになかったことです。下校時も一緒に帰るようになりました。

ある日、めぐみさんとの帰り道、めぐみさんの家に寄りました。めぐみさんの部屋はきれいに整頓されていました。目にする一つひとつが、驚きに満ちたものです。窓に掛かったカーテン、緑色の笠のかかった電気。そこから広がる光にはまるで海の底にいるような静かさを感じます。部屋は温室のような空気で満ちていました。

お母さんがお菓子とコーヒーを持って部屋に入ってきました。絶えずにこにこして、その笑顔からはやさしさが滲み出ているようです。お母さんの口から出る一つひとつの言葉はやさしく、静かな調子でした。少し無邪気さもある穏やかな話し方です。それはまるで、甘美な果実の蜜のように私の心に染みこみます。容姿といい、まさに貴婦人のようなお母さんでした。

「こんな家庭があるんだ。こんな所に住んでみたい。そうよ、お母さんの家を思い出すわ」

何度、心の中で呟いていたことでしょう。

自分の置かれた境遇を思うと、胸にひしひしと迫ってくるものがあるのです。一度でもいいから、怒鳴りあうような家庭ではなく、このような笑顔のあふれる幸福な家庭で静かに暮らせたら素晴らしいのに……。

私は言葉が詰まって、訳もなく涙が頬を伝わるのでした。お母さんもめぐみさんも驚いて、「どうしたの」と私に尋ねました。

私は何も言えずに、逃げるように帰りました。

家に帰ると、急いで夕飯を作り、父や母のいつもの小言を聞き流して、部屋に戻りました。またぐみさんの家が思い出されます。

部屋の中を見渡します。無機質な柱と天井。自分の置かれた境遇が辛く胸に迫ってきます。

薄明かりの中で六つ葉のクローバーを取り出して眺めました。

「東京のおじさん、おじさん」と問いかけました。

すっかり暗くなった部屋で、電気をつけるのも忘れて窓辺に寄り、星空を眺めていたのです。そこには何億光年もの彼方から流れてくる沈黙の世界がありました。

五

翌朝、いつものように駅に行くと、めぐみさんが待っていました。

「ねえ、昨日はどうしたの」

不思議そうな顔で尋ねられました。

「ごめん、どう言ったらいいのかな……。うまく言葉に出来ないの。許して……」

私は自分の境遇を話すことが出来ませんでした。話したら哀れんでくれる、でもその後は小学校の時の明子さんのように、友達をなくすことになるのです。

「そう。お母さん、心配していたのよ」

私の顔色を窺いながら、心配そうな、とても深刻そうな顔つきです。

「ごめん、いろいろなことを想い出したの。お母さんに謝っておいて……」

はにかむように、顔を伏せて言ったのです。

「うん、わかった。言っておくよ。また、家においでよ」

めぐみさんは温かい笑みを浮かべて許してくれました。

私は、これで友人関係も終わりかと、ハラハラしていたのです。これからもずっと友達でいて欲しい。そのような思いが強く私の心にありましたが、いつもと変わらないめぐみさんの笑顔に戻ってくれて、胸をなでおろしました。授業が終わると、いつものように一緒に帰りました。

「今度、近くに行ったら寄るね」

別れぎわにめぐみさんが、私を思いやるように笑顔で言ったのです。

「うん、おいでよ。いつでもいいから……」

とは言ったものの、「来ないで、お願いだから、私の家はあなたのような家ではないのよ」と心の中で叫んでいる自分がいたのです。

今の私にはかけがえのない人、この世界で誰よりも尊い人なのです。ずっとこのまま、一生この人と友達でいたいのですが、不安の影がよぎります。どうしたわけか、井戸の中に身を投げ入れたいような気持ちになっていました。

めぐみさんと別れて家に帰る道はいつも通る道なのに、なぜか、どこをどう歩いているのかさえわからない状態でした。

六

数日後、学校は開校記念日で休校でした。いつものように台所の用事をすましてから床を雑巾で拭き、それが終わると玄関を掃いていました。その時、「こんにちは」という声。どこかで聞いた声でした。めぐみさんが訪ねてきたのです。

私は驚いて、手に持っていた箒を落としてしまいました。

「えっ、どうしたの?」

「ポケベルから送ったのよ。返事がなかったわね」

彼女はにこにこしながら私を見ています。

「あっ、机の上に置きっぱなしだったわ」

めぐみさん以外にポケベルでやりとりする友達がいなかったので、ほとんど机の上に置いたままにしていたのです。

「そうだと思ったわ。だから来たのよ。家にいてもつまらなかったの」

私は急いで箒を片付けました。嬉しくもあり、いくらかの不安もあります。

私の部屋に入れることはためらいました。それで、台所で話すことにしたのです。茶の間の障子を開けて、寝転んでテレビを観ている母に、

「友達が来たので台所で話すから」

と言ったのです。

茶簞笥の鍵を受け取って、菓子を小さな籠に入れて台所に行きました。テーブルにめぐみさんと向かい合わせに座り、学校や友達のこと、近々町で開かれるイベントのことなどを楽しく話していると、玄関を開ける音がしたのです。時計を見ると、めぐみさんと話し始めてからだいぶ時間が過ぎていました。

「もうこんな時間」

私は腰を浮かせ、首を伸ばして玄関を見ました。父がドアを開けて、こちらを見て立っていたのです。

「こんな時間に。いつもより早いわ」

それにしても、自転車の音に気がつかなかったとは。不安が広がります。

私はハラハラドキドキして落ち着きがなくなります。何も起こらないことを願いました。

急に黙り込んでしまった私に、めぐみさんは、

「どうしたの?」

目を丸くしています。台所に入って来た父は、私とめぐみさんを驚いたように代わる代わる見ていました。

「こんにちは」

めぐみさんは笑顔で軽く頭を下げます。

父のキョトンとした顔。それから私をギョロッと見て、茶の間に入り障子を閉めたのです。

しばらく私は言葉を失っていました。めぐみさんも何事が起こったのか、訳がわからない様子でした。先ほどまで茶の間でテレビを観ていた母が、台所に来ました。

「良い娘さんね。さあ、もっとお菓子をどうぞ」

テーブルに近寄ってきて、座りました。人がいる時に盛んに出す、くすんだ百合の香りのような匂いを放っています。顔や声色までが違っているのです。

私は、「どうしよう。しまった。これなら自分の部屋にすればよかった」と悔やみました。

「うらやましいわ。名前はなんていうの」

「めぐみです」

「そう、めぐみさんね。いい名前だわ。お茶飲み会でお母さんからあなたのことを聞いているわ」

人が訪れた時に見せる独特な仕草をして、別人と思えるほど落ち着いた静かな声。どこからこのような声が……。

「恵子の部屋は汚くてよ、乱雑で友達も入れられないくらいだからな」

開いた障子の奥から父の声。

「そうなのよ。あなたのようなお嬢さんだと、さぞかし親は嬉しいでしょうね。美人だしね。それに比べると、うちの子は素直ではないし親に苦労ばかりかけているのよ」

さも私で苦しんでいるような顔付きで母は言います。

「そう、そうだよ。俺の子供は、親不幸だからな」

子供のように背中を丸めて座っていた父が、ため息を漏らして、うなだれるような仕草で母に同調している。

「この前、お前が買ってきた服があるだろう。いい娘さんだから、あれをやれよ」

にこにこしながら言います。それも家では聞いたこともない、実にやさしい声で父が台所に入ってきました。

他人様がいる時に出す父の匂い。母と同じような匂いを感じます。

「あれは、この村の一番はずれの娘さんに買ってきたものですよ。誕生日のお祝いにあげようと思ってるの」

「誕生日、そうか、あの娘さんも大きくなったからね。また買ってくればいいよ。だから、この娘さんにあげなよ」

目を細め、色黒の細面に愛嬌をたたえてにこにこしている父。ああ嫌だ。気味が悪いわ。

「そうですか、わかりました」

母は立ち上がって茶の間に行き、仏壇の引き出しを開けていました。母が戻ってくるまでの間、私たちは話す言葉が見つからないまま様子を窺っていたのです。母が袋を持って台所に来ました。

「これですけど、寸法が合うかしらね」

エンジ色のカーディガンを袋から取り出します。

「着てみたら。そこの茶の間で合わせてみたらいいよ」

聞いているとむずがゆい、柔らかな父の声です。

「そうね。合わせてみましょう」

甘酸っぱい母の声。

「さあ、こちらに来て」

母は片手に紙袋を持って片手は彼女の手を取り、私がほとんど入らない茶の間に連れていったのです。部屋の隅にある鏡を引き寄せて、彼女をその前に立たせました。

彼女の腕を取りカーディガンを着せかけます。鏡の前のめぐみさんは、人形のように整って美しく見えました。

「ぴったりだわ。どう、良い柄でしょう。高かったのよ。あなたにとても似合うわ。ますますきれいに見える」

目を細めてニッコリした母が言います。

「うちの娘と違ってきれいだね」

台所から見ていた父が両手を後ろに組んで、硬い頬の肉を無理やり持ち上げて微笑み、軽く顎を上下に振っている。

ああ気味が悪い。何だこいつらは……。怒鳴りたい。でも、友達がいるから止めておくわ。

「そうですか」

彼女はちょっと恥ずかしそうな、でも嬉しそうに鏡を覗き見てから、笑顔でカーディガンを母に返しました。

「うちの子とは比べものにならないね。このような子を持った親がうらやましいわ」

母の言葉に、絶えず笑顔の父が首を振りふり、

「そうだ。うらやましいな」

私の顔を横目で見ています。

勝手に言っていろ、この腐れ……。服を受け取った母は、たたんで袋に入れます。

「さあ、これを持っていって、お母さんによろしく言ってね」

彼女は恥ずかしそうに私を見ていたのですが、目の前に出された紙袋を受け取って玄関に

向かいました。私もやっとのことで立ち上がり、彼女の後からついていきました。

「じゃあ、また学校で会いましょうね」

手を振って、さも大切そうに袋を持って帰っていく後ろ姿を見送りながら、なんとも言えない、複雑な思いにかられていたのです。

私は部屋に入りました。

「あのような子を持つ親がうらやましいよ」

父の嘆きともとれる沈んだ言葉。

「うちの子もあのような娘になって欲しいけど、でも無理ね」

母のため息まじりの声。

「あの娘さんの足元にも及ばないからなあ。俺なんか、子供が原因で夢を潰されてしまうのだからよ。まったく、あいつら虫にも劣るよ」

台所から私の部屋にまで聞こえてきます。

虫か、そうね。私の家では話す言葉がないもの。それに感情だって……。

部屋の中を見回しました。私にあてがわれた部屋。黒ずんだ壁と窓枠、カーテン、机、それに学校の制服、それは鴨居にハンガーで掛けておくだけでした。それにわずかの下着類や普段着が入った紙袋。これらは小さい時から変わっていません。タンスなど買ってくれない。

「机以外はムダだから。買うお金がない」と母は言うのです。このような部屋に彼女を招き入れることが、どうしても出来なかったのです。

めぐみさんの部屋には机や本棚以外に、物入れとタンス、可愛い犬のぬいぐるみ、それにリカちゃん人形や鏡台などがあったわ。私の部屋と比べることが恥ずかしいくらいでした。

どうして他人の誕生日に物を買ってあげたり、私の友達にまで物をあげるの？　私には一度だって買ってくれたことがないのに。服などは貰った物ばかり……。弟だってそうです。欲しがっていた自転車やラジオなども買ってくれることもない。どうして他人様には……。その上友達が来ると、匂いや声や顔付きまで変えて、私のことを悪く言うのでしょう。

ここから出たい、そのような気持ちが増すばかりでした。

そっと胸に手をあてて、六つ葉のクローバーを取り出しました。学校の帰りなどに田や畑では見つけることが出来なかった六つ葉のクローバー……。

「いつまで部屋にいるの。夜になるぞ」

いつものような男とも女ともつかない母の声。

「うるさい、怒鳴るな。ババア」

嫌々ながら台所に行き、夕ご飯の支度をします。

「お前、さっきは何と言った。聞こえたぞ」

母はじろじろと私を見ています。それが一層、私の心に不安や恐怖を広げて、苦しめるのです。

七

この頃、朝、目覚めると頭の中がボウッとして、学校に行くのが辛くなっていました。朝ご飯を作ることも出来なくなって、台所の椅子に腰掛けていたのです。

「何もしないつもりか」

母の声が飛んできましたが、それでも聞こえないふりをして台所にいたのです。

すると父が会社にも行かずに、茶の間の鏡を覗き込んでいるのが見えました。普段は髪や髭などお構いなしに伸び放題で、気が向けば髭を剃《そ》って会社に出かけます。どうしたわけか今朝にかぎって髭を剃り、鼻毛を抜き、髪に櫛《くし》まであてています。それに背広を着込んでいるのです。

父の隣では和服に着替えた母が、髪をとかして化粧をしています。それから私に一言も言わずに、二人で家を出ていきました。

珍しく旅行に行ってくれた? 驚きと喜びが同時に押し寄せてきました。先ほどまでの「どうにでもなれ」という投げやりな気持ちが消えて、好きなことが出来る、と喜ぶ気分に変わっていました。

　普段入ることもない茶の間に入って、テレビをつけました。線香の匂いが鼻につきます。仏壇から鍵を取り出して茶簞笥を開け、お菓子が入った袋を取り出してチョコレートを口に入れました。それはめぐみさんの家で食べた味で、それ以来でした。

　弟が裏口からズカズカと入ってきて、私から菓子の袋を奪うように取り、口に入れました。何日も風呂に入ってない匂いを放ち、長い髪の間から盗み見るように私を見ています。私は知らん顔をしていたのです。もし、何かを言ったら、殴ってくることがわかっていました。

「あいつら、俺の学校に行ったな。途中まで後をつけたんだよ。何で行った？」

　言葉も荒く、今にも襲いかかってくるようでした。

「学校に？　わからないわ」

　弟は菓子の袋を持って裏口から出ていきました。

「そうなんだ。旅行ではなかったんだ。学校に……」

　昼過ぎになると、慌ただしく玄関を開ける音を耳にしました。私はテレビの前で寝てしまったのです。慌ててテレビを消して台所の椅子に座りました。母がいそいそと台所に入ってきました。

「何だね。誰もいないと何をしていたんだか。寝ていたのではないだろうね。何を考えているのかわからないからな。お前は……」

何食わぬ顔をしていた私にそのように言いながら、茶の間の障子を開け、鏡に映る自分の姿を眺め、満足げに微笑んでいるのです。

「先生から、息子さんが学校に来ていないと何度も電話が来てね。手紙を書いたんだけど、それでもらちが明かないから、直接先生に会って頼んできたよ。世間様が頼りだからな。親不幸な息子に手を焼いて困っているので、親を大切にするように先生から言ってもらいたいと……」

それから急に、仏壇に線香をあげます。

「旅行に行ったと思ったわ。その方がいいと思うけど、今まで二人で行ったことがないんだから……」

何日もいない方がいいと思いながら言いました。

「あんな人とは行きたくないよ。誰が行くもんですか」

そそくさと和服を脱ぎながら呟いていました。

父が玄関を開けて入ってきました。ドカドカと茶の間に入って腰を下ろし、座卓に肘をつきます。

「あいつは、先生に怒られなければわからないんだからな。学校にも行かないで、困ったもんだ」

「そうですよ。今日も来てないと言っていたけど、親よりも世間様に言われれば、少しはわかるでしょう」

母の口からため息が漏れ出る。

「そうだよなあ。他人に頼るほかにないもんなあ。俺が思っていることと逆なことばかりしてよ」

「あなたが私を殴っていたからこうなるの」

「うるさい、黙れ、俺はそんなことをした覚えはないわ」

手を拳にして、目をつり上げて睨み、それから横目で私を見ます。その仕草には「お前も許さないからな」と言っているように感じるのです。身震いしながら目をそらして、「今度は私の番、きっと私の学校にも来るに違いない」、そう思ったのです。

買い物袋を持ってスーパーに行きました。入り口でおばさんたちが話し込んでいるのを見ると、私の悪い癖で、「また私の家のことが悪く言われている」と感じてしまいます。足を止めて聞き耳をたてると、おしゃべりに夢中なおばさんたちの話題は、私の家とは何の関係もないことでした。

スーパーから帰った時、普段着に着替えた父が村の寄り合いに出ていきました。

「今晩は夕ご飯のことでは何も言われない」と思うと、ほっとため息が漏れ出ます。

弟が玄関で父の履き物を確認してから裏口に回り、私がいる台所に入ってきました。匂いをあたりにプンプンとまき散らし、両手を拳にして、椅子に腰を下ろしてわずかに開いた茶の間の障子を睨み付けています。

弟がいきなり立ち上がって、障子を力いっぱい開けました。その勢いで障子が倒れるかと思えるほどでした。

「障子のすき間から俺を見ていたんだろう？　なんだ、この野郎、学校に行ったな。俺は見ていたんだよ。それで先生に何を言ったんだ、腐れババア」

座卓の上のお茶碗が畳に転がります。同時に、普段着に着替えた母が目を丸くして胸元で腕を組み身構えている。

「くたばれ、この腐れババア」

弟は母の肩に二度三度と足蹴りをして、外に出ていきました。

「殺すなら殺せ。親に対してババアとは、お前らは虫にも劣るんだからな。後で親父に言うからな」

母が大声で怒鳴っています。今夜は家に帰ってくるのでしょうか？　食べることもそうだけど、布団に寝られるありがたさを誰よりも知っているはずなのに。

八

それから数日後、両親が私の学校に来たのです。ここ何日か、学校に来るのでは?と思って過ごしていたのですが、私の勘があたったのです。

担任は四十代の男の先生でしたが、いつも静かな態度で、威厳のある容姿と、洗練された言葉遣いなどが備わっていました。クラスのみんなに評判のいい先生です。放課後、珍しく先生に「話があるから」と声をかけられました。

みんなが帰った教室で、私は先生と二人になりました。父と母がそろって学校に来たと告げられたのです。両親がどのようなことを先生に話したのか私にはわかりませんが、「あまり親を困らせないようにしなさい。何度か先生の所に手紙が来ていたけど、この世で親ほど子供を想う人はいない、そう君のご両親は言っていたよ。先生もそう思う。親を大切にすることだよ」と、やさしい口調で意見されました。

私は、十歳から家事をして、いつも朝ご飯と夕ご飯の支度、それに掃除や洗濯など、母の代わりをしている、と話したのです。私の話を聞いていた先生は、ゆっくりと言いました。

「まあ、いろいろとあると思うけれど、この世で頼れる人は君を産んでくれたご両親だけだよ。お母さんが先生の前で泣いていたんだよ。お父さんも、肩を落として首を垂れていらした。その様子を見ていると、ご両親が可哀想になって涙が出てきたけどね。頼むよ」

先生は、私の肩を軽くたたいて教室を出ていきました。

この時ほど、心の底まで傷つけられたと感じた時はなかったのです。

学校を出た私は、家に帰る気にはなれず、歩き続けました。歩みは自然と小学校に向かいました。足を止めて小学校の校舎を眺めたのです。古い、大きな空き箱のような建物でした。校庭で遊んでいる生徒の姿もありませんでした。

何の思い出も私の心には浮かんでこなかったのです。私にとっての小・中学校は、怒鳴りあう父や母を避けるための唯一の避難場所でした。学校で人の中に紛れ込んでいるほかに逃れる道はなかったのです。それが私の救いでした。

いったいどんなことをすれば、父も母も満足してくれるというの？　いろいろな思いが湧き上がってきました。中学では友達も出来なかった。高校生になってやっと友達が出来たのですが、それも……。

めぐみさんが私の家に来て一週間ほどたった頃には、彼女はツンツンとした顔を向けてきて、笑顔を見せてくれることすらなくなったのです。その変わりように驚いて、訳を尋ねました。

「私の所にあなたのお父さんから手紙が来たのよ。私のお母さんがお茶飲み会であなたのお母さんに会っているから、住所を知っていたのでしょう」

彼女は冷たく言い放って、鞄から茶色い封筒を取り出しました。

「ほら、これを見て」

幾らかの怒りが感じられます。

ボールペンを押しつけて書いたと思われる「木田めぐみ様」と書かれた文字。ひっくり返すと、住所の脇には父の名前が書かれていました。

「あなたも随分な人ね。お茶飲み会でも、あなたのお母さんからは良いことを聞いていないから、親を困らせているような人とはお友達になってはだめよと、私、お母さんから言われたわ」

渡された封筒の中には、封筒と同じ不揃いな字で書かれた便せん一枚が入っていました。


うちの子は、親に口答えをして反抗ばかりしています。子供に手を焼いています。どうか親の言うことを素直に聞くように、あなたから言って欲しい。友達から言われれば、少しは本人も考えるでしょうから。お願いします。

「お願いだから、もうこんな手紙をよこさないで」

あいまいな微笑を向けてきました。

「どうして友達にまで手紙を……」と、そのことが私の頭から離れませんでした。

教室では彼女は横を向いてしまい、口をきいてくれなくなりました。昼のお弁当も彼女は他の子と食べるようになりました。もうポケベルでやりとりすることもないと思ったのです。彼女が私から離れれば離れるほど、孤独感が大きく膨らむのです。

笑顔もすっかり忘れました。

家に帰りたくないという気持ちが湧き上がります。どこをどう歩いたのかわからないままに、気がつくと崖にたどり着きました。その下には力強い波が打ち寄せていました。

小さい時にお母さんの家の近くで見たあの海のようでした。出来ればあの頃に戻りたい。透明感のある濃紺に緑色を溶かしこんだ波は、ごうごうと鳴って巨岩を襲い、飲み込み、なぶり、砕け、そして白い波濤はさらに別の岩を覆い、泡立ち、深緑色の海に乳白色を流し込んでいました。

何日も前から捨てる所もなく鞄の底に沈めておいた、めぐみさんから渡された茶色い封筒を取り出しました。「私が何をしたっていうのよ。何の罪が私にあるのよ」と呟いていました。小さく、これでもかというほど小さく裂く。それが海から吹いてくる風に乗って飛んでいきます。それでも私の感情は収りません。目の前の石を摑み、海に向かって投げます。何度も何度も、気が晴れるまで。頰に伝わる涙はそのままに……。

あたりが徐々に闇に包まれるまでぼんやりと佇んでいました。やがて遠くの松林の間に、家々の灯りが点々と灯り始めました。それはまるで天使が幸福を運んでいるように、あちこちに灯るのです。

岩に砕ける波の音だけが聞こえてきます。日が落ちて、見上げた空にはいつの間にか星が輝き始めていました。

家に帰ると玄関についているはずの電灯がついていませんでした。玄関のドアを開けようとしましたが、鍵がかかっていたのです。足元に気をつけて裏に回り、裏口を開けました。茶の間の障子から光が台所まで漏れています。その灯りを頼って台所の電気をつけました。茶の間からは、テレビの音だけが聞こえてきます。父や母の寝息は漏れてきませんでした。テーブルの上には何も置いてありません。蛇口をひねりコップに水を注いで飲み、冷蔵庫を開けて食べられる物を探したのですが、食べ物は一つもなかったのです。

台所の隅に置いたゴミバケツの蓋を開けてみました。そこには冷蔵庫に入っていた卵から野菜、冷凍食品まで、すべてが捨てられていたのです。母は腹が立つと食べ物を捨ててしまい、私たちに何も残してくれない人なのです。

しばらくの間、言葉も出ませんでした。茶の間にいるはずの父と母は、息を殺して私の様子を窺っているのでしょう。「私に何の罪があるのよ」、茶の間に向かって怒鳴りたい。でもよそう、何を言っても聞いてもらえないのです。それにまた、学校に行かれたり、先生に手紙でも書かれたら、クラスの人たちに悪魔を見るように冷たい目で見られることはわかっています。夕飯を作らないからといってどうしてこのようなことをするのか、腹立たしい思いが湧き上がります。

自分の部屋に入って電気をつけました。机の椅子に座り、何を考えるでもなく、物思いにふけっていたのです。

母はよく私や弟に「ヘビに飲まれろ」と言っていました。ヘビに飲まれたカエル、あの時のカエルの声もすごかったけど、ヘビに飲まれてしまった方が、どんなに気が楽になることか……。

胸に下げた六つ葉のクローバーをそっと取り出して眺めます。

東京のおじさんは、辛いことがあったら、この六つ葉のクローバーにお願いしてと言っていました。

「東京のおじさん。会いたいわ。いつ来るの」

ふと右手を見ると、青いアザが浮き上がっていました。部屋の中にあるすべての物が命を失っているように感じたのです。

茶の間から流れてくるテレビの音が止み、時折、台所から冷蔵庫の音が聞こえていました。それは、深い、深い、心の奥底から聞こえてくるようなか細い音です。

九

「昔は私を殴って、夢にまで出てきたわ。この鬼」

「何だと、腐れババア」

納屋の方から声が飛んできます。何事が起きたの？　私は布団から飛び起きました。

「またか、ばかばかしい」と思いながら再び布団に横になったのですが、もう寝られません。構わずに布団を頭からかぶっていたのです。間もなく、母が障子を開けて入ってきました。

驚きながらも寝たふりをして、薄目を開けて布団の間から見ていたのです。殺したければ殺せ、とヘビに飲まれたカエルのような気持ちになっていました。すると、箒で私の布団の周りを掃き始めました。

「昨夜はヘビの夢ばかり……。ご飯を炊くことも出来ないで、掃き掃除だってそうだ、まともに出来ないくせに。この女」

ブツブツと大きな声で言いながら、乱暴な音をたてて私が寝ている周りを掃いています。早く起きろ、ということだとわかりましたが、それでも寝たふりをしていました。

「昨夜はな、お前が夕飯を作らなかったから私が作ったの、そうしたら料理のことで親父がケチをつけて、ケンカになったよ。それもみんな、お前の出来が悪いからだよ」

布団の周りを何周も、箒を持って掃き続けている。

「学校の先生は、お前は友達もいないと言っていたよ。親に苦労をかけるからだ。誰にも相手にされないで……早く起きろ、ポケベルの料金を出させておいて、この！」

力いっぱい、箒で布団をたたき、障子をピシャリと閉めて出ていきました。私はゆっくりと起き上がりました。

「このヘビババア、私は虫ではないわ。友達の前でいろいろ言って……親父は手紙まで書いて……」、私はそう叫びたかったのですが、声が出ませんでした。虫と違って、私にも感情があることを見せなければ。「だから一郎だって家に近づかないんでしょう」、とあらん限りの声を出して言いたかったのですが、飲み込むほかないのです。

廊下を歩いて玄関を出ていった音が聞こえました。台所に行くと、テーブルの上には何もありません。冷蔵庫にも何も入ってないことがわかっていたので、朝ご飯を作る気力さえなくなっていたのです。学校に行って、また水を飲んで過ごさなければならないことを考えると、たまりませんでした。昼食にパンでも買って食べようと思って机の上を見ると、そこに置いたはずの貯金箱がなかったのです。

弟がお金を取ったのです。慌てて机の引き出しを開けて、奥から布に包んだお金を取り出しました。それは私がここを出ていく資金に貯めたものでした。

十

以前、教科書で見た黒い目と長い髪、どこか神経質そうな細長い顔付きの小さな彫像を思い浮かべます。顔の輪郭は繊細で全身がほっそりしていて、今にも折れてしまうのではと心配になる彫像なのです。弟にはそのようなイメージを抱いていました。

台所で夕ご飯を作り終えてから弟の部屋の障子を開けました。畳の上に寝ころんでいた弟は驚いたように起き上がりました。

「何を見ているんだよ」と言いながら、前髪の隙間からじっと私を見ています。小さい頃の愛らしさや動作は微塵《みじん》もなく、伸び放題の髪に口の周りには髭が生えています。

「床屋に行って髪を刈ってもらったら。それにその顔の傷、どうしたの？　風呂にも入らないで……」

私の部屋に入ってお金を盗んだことはわかっていました。幾らか腹も立っていたのです。

「この傷か。学校でゴミ箱から鉛筆と消しゴムを見つけ出したから、それを使っていたら、クラスのやつらに盗んだと言われて、それでケンカになったよ」

「そう。とにかく、床屋に行ったら。そのぐらいのお金は出してくれるでしょう。それに風呂に入るのだったら、早く沸かしてあげるから言ってよ」

お金ばかりではなく、鉛筆やノートも盗むようになっていたのです。出来るだけ感情を抑えて言いました。

「わかったよ。小さい頃から何も買ってもらったことがないんだ、鉛筆だって……。それに俺が食べられるのは、学校の給食だけだよ。たまに家の飯を食う時もあるけど、もっと食べたいよ」

投げやりな調子で言っています。陰気な匂いを部屋中に放って、声も父に似てきたし、髪の間から睨みつけてすごんでいます。おそらく、お金を取ったことで私に怒られるとわかっているのでしょう。

「そう。夜、ご飯を食べにこなかった時には、私がおにぎりを作っておくわ」

「それだけでは足りないよ。もっと食べたい」

「わかったわ。それから、私のお金を取らないでよ」

「ああ、わかったよ。だけど、あいつらが何か買ってくれたことある？　それにあいつらが学校に来てから、先生が教室で『親によく思われていない息子』などと言ってさ。それを聞いていたクラスの奴らが、バカにしたように笑って俺を見ているからね」

深い悲しみを眉間にたたえて、声を落とすのです。

そこへ、普段着の母が帰ってきました。茶の間の襖を通して、ブツブツと言っている声が聞こえてきます。おそらく、私たちのことを仏壇に向かってまくし立てて、線香をあげているのだと思いました。弟もそう思ったのでしょう。

「また俺のことか。どうせ悪いことばかりを言いまくっているのだろう」

弟は腹立たしそうにして身体を震わせて襖を睨んでいる。

「あのババア」

怒鳴り声を出して、襖を力任せに開けました。

「この嘘つきババア、先生に何を言った」

母に近づき、足蹴りをして倒しました。

「何をするんだ。どこの子供が母親に暴力を振るう」

驚くほどの甲高い声をあげる母。

「うるせ、何が母親だ。墓参りも行ったことがないくせに。くたばれ」

弟も負けじと甲走った声を出して、母の背中をまた蹴りました。

「どんな親でも親だぞ。こんなことをしていいと思っているのか」

ドスがきいた男のような声の母。

「このババア、俺は生まれてこなければよかったよ。何で産んだんだ」

仏壇の位牌を投げた弟は、線香をわしづかみにして畳の上に投げつけます。

「そんなことをして、後悔するなよ。盗みはするし、みんなから嫌われて友達も出来ない。先生も言っていたぞ。この人でなし」

震える声の母。悲痛な切迫した口調で弟を睨みつけます。

「おかげで、学校の奴らに笑われているんだからな」

「そうだ、そうだ。私には、めぐみさんに手紙など書いて。やっつけてやれ」

思わず私の口から出た言葉でした。

悔しさに涙声になっていた弟は、畳の上に転がった位牌を蹴飛ばしました。

「いいぞ。いいぞ。もっとやれ」、私は腹の底で叫んでいました。

「罰あたりめ、この頃へビの夢ばかり見るようになったけど……こいつらが……親父に似て、暴力か」

母はありったけの声で怒鳴ります。

「いつも親父に殴られていたくせに、いつから仲良くなった。腐れババア、親父のことも死ねと呪っているのだろう」

今までの不満をぶつけるような弟の声も途切れ途切れになっていました。仏壇の引き出しから財布を取り出してお金をポケットに入れ、茶の間の襖に足蹴りをして出ていきました。

「親不幸者、お金を盗むな。五体満足に産んでもらって、お前なぞ、ヘビにでも飲まれてしまえ。ご先祖様にそう頼んだからな」

男のような言葉を、弟の背中に浴びせていました。また同じことを言っている。

「母親を何だと思っている。あいつめ、だから子供は嫌いなの。お金を盗むなんて。生まれながら性根が腐っているんだ」

沈んだ声が茶の間から聞こえてきます。

いい気味。弟がしたことで、私は少し満足もしていました。畳を掃く音が聞こえてきます。

窓の外には中庭の木が見えます。それほど大きくはありませんが、その梢には夕日があたって、時がこぼれ落ちたように、木もれ日が地面に散っていました。

どこからか一匹の蛾がコケの上に飛んできて、風もないのに羽が薄紙のようにひらひらと揺れていたのです。何時だったか、洗濯機に飛び込んできた蛾？　いやそんなはずはない、でも蛾はこうして生きています。生きること、それにはどんな意味が……。

しばらくの間、蛾を見ていました。ふと顔を上げると、空がいつの間にか暗い雲に覆われて、それが少しずつ夕暮れに変わっていくのを、何を考えるでもなく見続けていました。

先ほど聞こえたのはやはり父が帰ってきた音でした。茶の間からは、父と母の話し声が聞こえていました。母は弟への腹立たしい思いをおおげさに話していましたが、その声の合間に、玄関でそっとドアを開ける音がしました。

私には弟が入ってきた音だとわかったのです。

不安な気持ちで障子を開けると、弟が玄関の隅に立っていたのです。おそらく弟は、父が帰ってきたのをどこかで見ていたはずです。父が風呂に入っている間に、夕ご飯を食べようと考えたのでしょう。でも、まだ父は風呂に入っていなかったのです。

母の愚痴を聞きながら、茶の間の障子を開けて風呂に入ろうとした父が、玄関に立っている弟の姿を目に留めました。

「このアホが、親に手向かう子供がどこにいる。親の言いつけを守り従うことは、どのような世の中でも大切なことなんだぞ、それが、何だ」

肩をいからせて、息もつかずに叫んでいる。

「他人様を見てみろ、みんな親を尊敬しているぞ」

私が六歳から見ていた顔付きです。目を剝いて睨んでいる形相、あの時と同じような異様さです。

ドスドスと音をたてて、私たちを殴る時に出す嫌な匂いを身体中から放って、私には目もくれずに弟に向かっていきます。

父は腕を上げて身構えている弟を蹴りました。まだ中学生の弟は、ゴムまりのようにはじき飛ばされました。

「この親不幸者、親に手向かうというのか」

茶の間にいた母が台所に出てきて、目を皿のようにして様子を窺っています。

父の手が伸びて弟の顔にあたりました。弟の鼻から血が飛び散りました。

「いい気味。ご先祖様の位牌を投げたんだからね。このばちあたりが、どこに行っても人様から嫌われているんだよ」

そう言いながら、母は父と同じ匂いを放ち、玄関に飛んできました。

「そうだ。こいつめ」

父が蹴飛ばしました。

立ち上がった弟は、鼻から流れる血を袖で拭きながら、拳を父の頬のあたりにあてました。

「痛い、何だ。こいつ、やるのか」

「この野郎、俺に何をしてくれた? 満足に食わせもしないで、畜生」

また弟の拳が父の頬にあたった。

「何をやってるの、親に向かって……、やっつけろ」

両手を拳にした母の声。

弟の鼻から血が……。父の拳をかわしながら、弟は両手を拳にして殴るチャンスを窺っています。

「人の口ほど恐ろしいものはないんだ。まだ俺の言うことがわからないのか、成績も悪くて、こいつめ」

肩をますますいからせて、出来るだけ身体を大きく見せようとしている。

「うるせえ、この野郎」

また父の顔を殴った。

父の拳が飛び、弟は身体を反らす。口や鼻から血が出ている。

「親の気持ちもわからないで。俺を怒らせるばかりで」

顔の血を手の甲で拭きながら、弟は父の頬をもう一度殴りました。

「痛え。まだ、こいつは……このガキが」

父は殴り返そうと腕をあげましたが、弟は家から飛び出し、姿を消してしまいました。

「もういいじゃあないの。ケガでもしたら人様に笑われるよ。バカ息子にはね、何を言ってもムダ」

両手を拳にしていた母が、追っていこうとした父を止めました。

「家の恥さらしが、どこにでも行け、帰ってくるな」

父の怒声が弟の背後に投げつけられます。

足がすくんで棒立ちになっていた私は、そそくさと部屋の障子を閉めました。

「あいつめ、親の苦労もわからないで、俺を殴ってきたからな」

ドスドスと歩いて茶の間に入る父。

「まったく、うちの子供は、あなたに反抗するのだからね」

もしや私の部屋に入ってくるのでは。いやそのようなことは、とハラハラしながら窓を少し開けました。

「そうだ。お前の言う通りだ。親に反抗することばかり覚えて、あいつは」

まだ父は怒りが収まらない。

「お宅の息子さんは、と人から尋ねられても、恥ずかしくて何と返事をしていいのかわからないものね」

「そうだよ。俺は人間を高めようと座禅をしているが、村会長や議員、ＰＴＡ会長にもなれない。俺の夢を全部つぶしてしまうんだからよ」

襖が揺れています。

「そうよね。テレビでも人殺しの事件ばかりで、あいつも何をするか」

「まったくだ。また外に寝るつもりか、ほっとけよ」

吐き捨てるようなたげやりな父の口調です。

「はい、ほっときましょう。恵子も……、めぐみさんとは違うから、怖いからね」

友達だっためぐみさんを引き合いに出して、私のことを言っています。もう教室で顔をあわせても話してもくれないのに、手紙まで書いて……。何かと言うと私を見くだすのだから。もっと一郎に殴られればいいのよ、と声にならない声を出していたのです。

「あいつも、県立の高校に落ちて、バカなんだよ」

「もう、そんなことはどうでもいいから、ねえ、今夜は二人で……」

耳元に口を近づけて話しているのでしょうが、今まで聞いたこともない囁き声が聞こえてきました。

「お願い。東京のおじさんでも、誰でもいい。人が来ないかしら。人が来れば父も母も人が変わるのに……お願い」

すでに日は落ちて、空は月に照らされた雲が流れていくばかりでした。窓を閉めて、やっとのことで机の椅子に座りました。

「こんな話ばかりなの。あいつら、身体から出す匂いまで同じで……」

この家を出て、どこかでアルバイトをしながら一人で暮らさなければ……。早くその日が来ることを願って、これからも出来るだけお金をごまかさなければ……。まだまだ足りない。

十一

いつの間にか季節は巡り、落ち葉が鮮やかな黄色、橙色、明るいあんず色、濃い金茶色、赤紫色などの衣をまとって、家の玄関先にどこからともなく集まってくる頃になりました。

高校に通いながらも、やっと、自分が考えていたことを実現出来るようになったのです。家を出なければ、早く行動を起こさなければ、そのような思いで頭がいっぱいでした。

スーパーに買い物に行くたびに、お釣りをごまかしていたのです。学校で使う教材代もごまかして貯金していました。その甲斐あって、家を出るぐらいのお金が貯まりました。

私はウキウキした気持ちで駅近くの不動産屋に行きました。バブル景気もすでに終わり、駅前もシャッターが下りている店が多くなりました。

隣の町に手頃なアパートがありました。最寄りの駅から大通りを歩いて二十分ほどかかりますが、路地裏のコンクリート造二階建てです。平屋が多い地区なので遠くからでも目につきやすい建物でした。五世帯が住んでいましたが、さいわい一階の端が空いていたのです。台所と六畳間に、トイレや風呂もついています。私は早速、翌日に入る契約をして帰ってきました。不動産屋のおじさんが保証人になってくれて、足りない費用は月賦にしてくれたのです。

その足で学校に行き、退学届を出しました。担任の先生には、「いろいろとあると思うが、もう少し頑張ることが出来ないか。この機会にご両親ともよく話し合って、それからでも遅くはないから」と言われましたが、早く家から去りたいという気持ちが強かったのです。学校から親に連絡が行くでしょう、それでも構わないと思いました。帰りには、履歴書を持ってコンビニエンスストアに寄り、午後五時から午後十時までアルバイトをすることにしたのです。

十二

翌朝、新しい冒険が始まるような気持ちで、いつもより早く目覚めました。父が家を出ていく頃に布団から起き上がって、早ばやと朝ご飯を終えて、洗濯をすませます。布団などを紐で結び、部屋の中を丁寧に掃き、カーテンを外して袋の中に入れたのです。それをダンボール箱に入れ、玄関まで運びました。

怒鳴り声もなく、茶の間ではゴソゴソと音がしていましたが、私は気になりませんでした。それよりも早く去りたいという気持ちで、時間がたつのが遅く思えたのです。

普段なら町に行く日なのに、母は自分で編んだピンクのセーターを着て台所の椅子に座り、玄関を出たり入ったりしている私を刺すような眼差しで見ていました。やだ、怖い。不動産屋のおじさんに軽トラックで運んでもらうお願いをしていたのですが、まだ車が見えません。早く車が来ないかなあと、道路に駆けていきました。どうしたのでしょう、もしかして忘れてしまったのでは？　そんなことはない、きっと来る。それにしても時間のたつのが遅く感じます。腕を組んで道路を行ったり来たりする私。

するると、遠くからこちらに来る車が見えたのです。あれだ。嬉しさのあまり身体が宙に浮いているような気持ちになり、大きく手を振って飛び跳ねていたのです。車が玄関先に着きました。部屋に駆け込んで丸めた布団を抱え、ダンボール箱と一緒に車に積み込みました。

声がしたので振り返ると、

「どうも朝から様子がおかしいと思っていたわ。そうか出ていくのか。勝手に出ていくんだからな、もう二度と家に帰ってくるなよ」

ヘビを鎌で切り刻んでいた、あの時の形相で睨んでいる母。父と同じ匂いを出して、怒りの炎をゆらゆらと燃やし続けているようでした。構わずに早く車を出すよう、不動産屋のおじさんを急かせました。

村を出てひと安心です。息を大きく吸い込み、これからの自分のことを考えなければ、そのようなことを思っていたのです。

アパートに着き荷物を入れて、部屋を片付けていると、夕暮れになっていました。コンビニの仕事に向かいます。店長からレジの操作や接客、商品の配置や並べ方などの説明を聞いた後で、初仕事に就きました。

慣れないためか、仕事を終えると少し疲れを感じました。安堵したことも加わって、ため息が漏れ出ます。店から出ると、空は星でいっぱいです。薄い絹で包まれたような夜空に、私の身体は吸い込まれていくように感じました。この季節は月も星も、冬の凍るような冷たいものではありません。星はその数と輝きを増し、月さえ光を増して美しく輝いていたのでした。

夕飯に回転寿司を食べました。私が食べたいと思っていた通りのものでした。初めての寿司は、とてもおいしいものでした。

不安などありませんでした。それよりも水に放たれた魚のようにイキイキと躍動するような気持ちで、希望に胸が高鳴っていたのです。あれは確か、私が八歳の頃。父の怒りを買い、外に飛び出して隣の家の納屋で寝たあの頃は寂しい夜でしたが、それとは違った弾むような気持ちの夜でした。

一日中動き回った疲れと満足感で、暖かい布団の中に横たえた身体から力が抜けます。時間が身体を包み、目のあたりが溶けたようになって、自然に瞼が閉じます。

ふと、大きなゴツゴツした手が伸びてきて、私の肩に触れます。私を抱き起こすその手はやさしく温かい手でした。安らかな気持ちで夢の中にいたのです。

「いつまで寝ているの。ここまで育ててくれた親の恩を忘れたのか。早く起きろ、お金をあげているのに」

母の声が飛んできたのです。

私は飛び起きました。目をこすりあたりを見回すと、そうです、ここはアパートです。家ではないことに気づきました。

枕元に置いた目覚まし時計を見ると、まだ朝の光をカーテン越しにうすうすと感じるような時間でした。できればこのまま、何もかも忘れて眠っていたかったのです。この世界は東京のおじさんが来た時のように、誰も私に干渉できない世界、味わったこともない温かな時間。ゆったりとした感覚に身体全体が包まれ、しばらく横になっていました。

電車の音が遠くから聞こえてきました。その音が私の心をなでていきます。

まだ眠いのですが、起き上がりました。家から持ってきたカーテンを開け、外を見ました。日の光が目に染みます。アパートの前の通りを、若い人が朝の運動のために走っています。ゆっくりと朝ご飯を食べました。といってもパンと目玉焼きですが、それでもおいしく食べることが出来ました。

これからの生活を考えてみました。コンビニのアルバイトだけでは毎日の生活費で消えてしまう。部屋代や光熱費など払っていけない、他にも働いてお金を稼がなければ、と思いました。履歴書を書き、町に出ました。募集の貼り紙があるあちこちの店をまわったのですが、ガソリンスタンドの時給がよかったので、コンビニの仕事までの時間をあてることにしたのです。さいわいアパートの近くなので、睡眠時間以外は、出来るだけガソリンスタンドで働くようにしました。それから、リサイクルショップを巡り服などを見て、小さな冷蔵庫とテレビを買ってきました。

慌てて家から出てきたので、忘れてきた物があることに気がつきました。押し入れのダンボール箱に入れておいた下着です。捨ててもいいと思って置いてきたのですが、冬用の上着が二着ほどあることに気づいたのです。ここは滅多に雪は降らないのですが、山から吹き下ろす風がとても冷たいのです。これから寒くなる。冬用のオーバーがなければ、ガソリンスタンドで働くことが出来ない。そして、大切な鏡。机の引き出しに鏡を入れたままだったのです。

母の顔が浮かびます。「二度と帰ってくるな」と言っていた母。でも、どうしても服を持ってこなければ……、何よりも私が大切にしていた鏡を持ってこなければ……という強い思いがありました。

母がいない頃合いを考えて家に行きました。玄関のベルを押したのですが、誰も出てきません。裏口を開けようとしたのですが、鍵が掛かっていて開かないのです。

どうしようか迷っていました。すると、納屋の洗濯機の陰に隠れている人影が見えたのです。弟が藁の上に身体を横たえて、寝ていました。音には敏感になっている弟です、私がいるのに知らないふりをして、目をつぶっていたのです。

「忘れた物があって、取りにきたの。家の中に入ることが出来ないわ。鍵を開けてよ」

弟に声をかけました。どこかの古着屋で買ったようなよれよれの学生服姿で、長い髪で口髭も生やしている。

「ねえ、家の鍵を開けてよ」

「うるさいな。俺は寝ているんだぞ。この野郎」

父に似た声で、黒い鼻水をたらし目を少しだけ開けて見ています。

「あのさ、ご飯食べてる？　それにまだ外で寝てるの？」

藁を敷いて寝ている姿を見ていると、何だか哀れになって尋ねたのです。

「ああ、今朝は昨日の残りご飯を食べたよ。でも腹いっぱいではないけど。それにもう外に寝るのは寒いし……」

答えるのも面倒くさいというような、ふてくされた言い方でした。

「そうなんだ。息子の分も食べてしまう人たちだからね」

不満な口調で言いました。弟はだるそうに上半身をゆっくり起こしました。

「昨夜はすごかったぞ。あのババア、親父が料理を見てどうのこうのと言ってきて、ケンカになったよ」

「そうなの」

「ああ、それにあのババア、嫌な悪い夢を見たと言って、朝から親父を怒鳴っていたよ」

「私たちにも怒鳴っていたけど。またヘビの夢かしら……どんな夢を見るって？」

「あのババアのことさ。どうせくだらない夢だろう」

投げやりに言います。黒い鼻水を手の甲で拭いています。

「あいつ、俺の学校にまた行ったからね」

怒りというよりもがっかりしたような、何とも表現出来ない声。

「また行ったの……親父と二人で？」

「いや、今度は一人だよ。また、先生やクラスの奴らにバカ、バカって言われるよ。いつもそうなんだよ。どうしようもない……」

疲れているような様子です。弟の話を聞きながら、「ああ、よかった、家を出て。でないとまた私の学校にも……、それに友達にまで手紙を書くに違いない」と思ったのです。納屋の入り口にある竿を見ると、何も干されていません。洗濯機も使われていないように見えたのです。

「洗濯してくれないの?」

「うん、俺や親父の洗濯物が入っている籠を覗いて、パンツまで洗わせるのか、自分で洗えって、朝から怒鳴っているよ」

私が家を出た悲しみで体力が落ちたり、気持ちがしぼむようなことはないのでしょうが、こうして話している間に、沈鬱な重苦しさに捕らわれました。

「あの……鍵を開けてよ」、涙声で言ったのです。

「あのババアが、恵子が来て何かを頼んでも、いっさい話にのるなって言ってたぞ。まあいいか。わかったよ」

だるそうに立ち上がって、ポストの中から鍵を取り出して玄関のドアを開けてくれました。部屋に入りました。付け替えられたカーテンで閉じられた部屋。澱んだ空気は、ほとんど窓を開けていないことを想像させました。懐かしい自分の部屋でしたが、畳の上には布団が敷いてありました。

窓際に机が一つ、その脇には鞄が置いてありました。手に取ると、中には教科書が何冊か入っていたのです。机の引き出しを開けると、小石が一つ。そうなのです、そのへんにある何でもない小石でしたが、小さい頃から、悔しい時などにポケットに入れて握っていた小石です。所々に手の脂のようなものが浮いていました。そして別の引き出しには鏡がありました。ずっと大切にしていた私の宝物です。押し入れの中のダンボール箱を開けると、ビニール袋に入れた下着がありました。その中に冬用の上着が二着、混じっているのです。他に残っていたのは、埃をかぶって二度と使われることのない編み機だけでした。

窓を開けると、中庭の木の下には枯れ葉が落ちていました。風がさらさらとかすかな音をたてながら葉の上を渡っていきました。その落ち葉の間から、すっと数本のススキが伸びていたのです。

いつだったか、疲れて机の上に伏せたまま、つい寝過ごしてしまった日があったのです。何かの音でふと目を覚まして中庭を見ると、このススキが目にとまりました。明るい朝とやさしい黄昏を私に見せてくれた中庭でした。窓の下には、私がいつでも外に駆け出していけるように、靴があります。埃をかぶったその靴は二度と履かれることもなく、寂しげに立てかけてありました。

「早くしろよ。俺も家にいるのが嫌だからよ。親父が帰ってくるまでにはここから出ていくんだから」

弟の声が聞こえてきました。慌てて窓を閉めて、ダンボール箱に鏡も入れて、玄関に急ぎます。

「私の部屋に布団が敷いてあるけど」

「ああ、あれね。親父と一緒に寝るのが嫌なんだとよ。だからババア、一人で寝るんだって。さあ、そんなことはどうでもいいから、早く出ろよ」

弟に促されて玄関を出ました。弟がドアを閉めて、ポストに鍵を戻しました。

ダンボール箱を持って通りに出ました。すると、目の前に母が立っていたのです。髪を整え、健康そうな顔色に薄く化粧をした和服姿の母が、道端に立ってこちらをじっと見ているのです。前に見た柄とは違う和服です。高価な物のように見えました。

立ちつくす私を横目で見て、何食わぬ顔で通り過ぎ、振り向きざまに、「何で来た。ここは私の家だ」。

その顔付きと口調から、とうてい受け入れてはくれないと悟った私は、早足で歩き出しました。

「お前たちを育ててきた。そのような母親への恩も忘れて。いいか、二度と来るな」

背後からの声に、さらに早足になります。

すると後ろから足音が聞こえてきました。「お母さんが、私を……、まさかヘビを殺した鎌を持って……」と身が縮むような気持ちで振り返ると、弟が追いかけてきたのです。

「お姉さん、待って、持ってあげるよ」

声をかけてきた弟は、先ほどの表情や態度とは異なり、はっきりと、父とは違った声に変わっていました。にこにこした顔で、ダンボール箱を持ってくれました。私は嬉しかったのです。

私を「お姉さん」と呼んでくれたことも、小さい頃にその言葉を聞いてから何年ぶりだったでしょう。それにこうして、先ほど見せていた顔付きとは打って変わって、目がなくなりそうなほど笑っているのです。

「お姉さん、家を出てよかったね。俺ももう少しで中学が終わるから、そうしたら家を出て都会に行くよ」

「そうね。その方がいいよ」

「お姉さん、親父が『いい成績を取ってこい』とよく言っていたでしょう。俺、親父に少しでも近づきたかった。だから頑張って数学、それに英語で八十点取ったよ。それが嬉しくてババアや親父に見せたよ」

静かな声が聞こえてきました。

「そう、すごい、頑張ったんだ」

私は思わず、拍手をしていたのです。

「それなのに、ババアは、『へえ、このバカが』、親父は、『百点取れなきゃ意味がないんだよ。お前に出来るはずはないよ』、そう言ったきりさ……」

「そうなんだ」

「俺が点数を見せたのは、もう、バカとか、この野郎とか言われないためだったんだ。友達もいないから、孤独感から抜け出すために、この機会に少しは俺のことを褒めて欲しかった。それに、鼻が少し曲がったみたい」

「鼻が……」

「そうなんだ。小さい時に殴られていたから。鼻をかむと感じるんだ」

「痛いの？」

「いや、痛くはないよ」

黒い鼻水を手で拭いています。

「この前、学校が嫌になって海に行ったよ。砂浜で気を失ったみたい。そうしたら知らない人が……あれは釣りをしていた人だな、耳元で大声で呼びかけてくれたんで気がついたんだ。小さい頃に殴られたのが原因なのか、時々、気を失うんだよ」

「そうよねえ。よく頭を殴られていたものね。可哀想に。病院に行ったの？」

「いや行かない。それにお金もないよ。何も変わらないさ、何も……。でも、俺には夢があるんだ」

独り言を呟くように湿っぽい声で言うのです。

「夢かあ。夢ね。そうだよね」

夢の中で愛情を育てていけるかしら。みんな親から愛情を受けて、それを育てていくのよね。親の支えがない者に、誰が愛情をくれるというの。弟もそうだけど、この私だって、これからの人生をどのように築いていけばいいというの。この不安をどこに……悲しいけど弟には言えない。涙を飲み込む他はない。

「お姉さん、小さい頃に、庭で土を耕して田を作ったでしょう。覚えている？　またやってみようかなと思っているんだ」

「いい夢じゃあない。きっとおいしい米が出来るよ。やってみたら。よく出来たら少し貰うわよ」

「そうだね。きっといい米が出来るよ」

私たちの言葉が弾んでいました。先ほどの沈んだ声はすっかりなくなって、二人とも顔をくしゃくしゃにして笑っていたのです。

駅に着きました。ここまで来たのだからアパートまで、と言ってくれたのですが、ここで充分でした。

「ありがとう。頑張ってね。それから床屋にも行くのよ。風呂にも入って、洗った服を着てね。外で寝ないでね。それが心配よ」

まるで濃霧に覆われた森の中へ弟を置き去りにするような、不安な心持ちで言ったのです。

「心配しなくていいよ。もう少し頑張れば中学が終わるから。それまではケンカしても家にいるよ、布団の暖かみはありがたいもの。お姉さんとこうして話が出来てよかったよ」

小さい頃からほとんど話さなかった弟でしたが、その笑顔にはあどけなさが残っていたのです。

帰っていく弟の後ろ姿を見送りながら思います。「大人になるまで生きていられるかなあ」と言っていた弟。恐らく、稲を育ててもまた、刈り取られてしまうことでしょう。それに、これからも何かと親からの攻撃を受けることに……。私の荷物を駅まで持ってくれたことで、後でどのようなことが……、でも私には、助ける方法がないのです。

私の手で支えてあげたい。たった一人の弟ですもの。でも私の小さな手で支えるには、あまりにも重すぎます。何度も何度も、言葉にならない言葉を心の中で呟いていました。

突然、後ろから女の人の声がしたのです。振り返ると、そこには和服姿の人が立っていました。

小学校での初めての友達、明子さんのお母さんだったのです。何度か「お茶飲み会」で私の家に、他のおばさんたちと来ていたのです。それで、明子さんのお母さんだとわかっていました。

頭の先からつま先まで整い過ぎていて、まるでお店のマネキンのようでした。身体全体から化粧の匂いは漂うものの、顔に刻まれた小皺は年齢を感じさせもしました。

この人が私の家のことをいろいろと明子さんに話し、それを明子さんは学校で、クラスの人たちに話したのです。この人には、不快な思いを持っていました。

私はよそよそしくしたのですが、明子さんのお母さんは話しかけてきます。新たに「お茶飲み会」を作ったと言うのでした。

「高校を辞めたんですってね、あなたのお母さんが電話で言っていたわ。家を出たんですって？　今は何をされているの？」

「アルバイトをしています」

「へえ、そうなの」

じっと考え込んで私を見ているのです。この人からは母とは違った匂いが感じ取れます。

「あなたのお母さん、あなたを心配していると言っていたわよ。まあ、それが親なんでしょうけどね」

軽蔑の目を向けてきます。私は無理に笑顔を作ります。

それから、私の母を見ているとあまりにも気の毒だ、どこに住んでいるのか、これからどうするつもりなのか、と尋ねてきました。あまりにもしつこく聞くのです。

学校でも、どこに行っても評判がよくない私です。でも私をよく見てもらいたい、という強い気持ちは、小さい頃からずっと持ち続けていたのです。

明子さんのお母さんの口から私の母に、それに「お茶飲み会」に集まる人たちや村の人たちにも、私をよく言ってもらいたい、そのような思いが強く働いてしまいました。

高校卒業の認定を受けて看護専門学校に通い、国家試験を受け看護婦になる、と話したのです。小さい時からの夢。大きくなったら、お姉さんのように身体が悪い人の役に立ちたい、という強い希望があったのです。つい、住んでいる所も話してしまいました。

「この歳まで生きてきて人と会うごとにわかることは、その人が持っている身体から出る匂いがあるということなのよ。それは化粧や香水では消せないの。もちろん私にもあるけど。でもねえ、あなたのお母さんは、会う人ごとに匂いを使い分けて、それが驚くほど……まあ、それを理解するには随分とかかるけど……」

明子さんのお母さんは、おそらく私の身体から出る匂いを感じ取っていたのでしょう。不思議そうな目付きでしげしげと私を見ていました。どこまで私を信用すればいいのか探る様子が、その顔付きから読み取れたのです。

それから、人が変わったように満面の笑みを浮かべて明子さんのことを話し始めました。頭がよかったので東京の中学へ、そのまま高校に行き大学に進むというようなことを話すのでした。

これもすべて、母の身体の匂いが娘に移ったのでしょうね、と言います。人柄がいいので友達からも慕われていることや、離れて生活していても隠し事もなく何でも話し合うことなど、身振り手振りをまじえて話すのです。

お母さんの話を耳にしながら、私は数年前のことを思い出していたのです。私の心には虹色の希望もあったのです。そのようなことを思い、過ごしていたことが懐かしく浮かんできました。

こうして自分の子供を誇らしげに話すお母さんをうらやましく思い、明子さんを自慢されればされるほど、逃げ道のない自分の惨めさがひしひしと胸に迫ってくるのでした。

電車が入ってきました。明子さんのお母さんは話し続けていましたが、私は遮るように慌てて切符を買いました。

「まあ、親からよく思われていないあなただからね。あなたのお母さん、ちょっと変わっているけど、悪い親はいないからね」

別れ際には笑顔は消え、私をしみじみ見て言いました。私は聞こえないふりをしてホームに出て、足早に電車に乗り込みました。電車の中で考えたのは両親のことです。ひょっとしたら明子さんのお母さんが言うように、私や弟が可愛いのかもしれない。そのような気持ちも浮かびましたが、先ほど家で会った母のことを考えると、どうしても気分が晴れません。

コンビニのアルバイトまでには時間があったので、駅近くの店に寄り、携帯電話を買うことに決めました。

初めて買ったのはポケベルで、あの時は高校生でした。友達のめぐみさんとやりとりしていたのです。それ以来の通信機器です。ポケベルと違って、文字でメッセージを送ることは出来ませんが、会話が出来ます。友達がいないのでそれほど欲しいとは思っていませんでしたが、これからは友達も出来るに違いないと思いました。

十三

ガソリンスタンドとコンビニで働く日々を過ごして、一年半ほどがたちました。帰る途中で足を止めて、アパートを見ます。他の部屋は電気がついていますが、私の部屋だけ暗く、電気をつけて待っている人は誰もいない。一人ぼっち、押し寄せる孤独を強く感じます。

これも私の人生。私が選んだことと諦めて部屋に入り、電気をつけます。わずかな食事を取って、布団を敷き横になります。

朝、いつものように起き出して、朝食を取ります。ガソリンスタンドに行くまで時間があったので、もう一度横になりました。出来るだけ寝る時間を作ったのです。このような日が続きました。

ある日、いつものように朝食の後、横になっていると、玄関のドアをノックする音が聞こえました。誰も訪ねてくる人などいない私の部屋です、訝しげにドアを開けました。

そこに立っていたのは和服姿の母でした。ほっそりした身体、髪も黒々として薄く化粧をした健康そうな顔色、筋張った白い首のあたりには皺がまざまざと見て取れますが、顔立ちには、特に変わった所はないようでした。

「えっ、どうしたの？　どうしてここがわかったの？」

言葉が見つからず、やっと声が出たのです。

「明子さんのお母さんから聞いたんだけれど……、こんな所に住んでいるのか……」

明子さんのお母さんに話してしまったことを、とても後悔しました。

棒立ちで私を見ている母の視線が、爪先からはいているズボン、くすんだ色のカーディガンにと移動し、胸のあたりで止まっていました。

「あのなあ。親父が入院して、それで病院に行ってもらいたいんだよ」

「入院？　何の病気なの」

　あの父が……、驚いて尋ねました。

「それが、病名は難しくて、膀胱《ぼうこう》何とかと言っていたな。とにかく尿が出なくなって、手術することになったよ。それで輸血するのに血が足りないと言われた。二人分必要だと言うので、一人は一郎にしてもらったけど、もう一人はお前にお願いしようと思って来たんだよ」

　先ほどの卑下するような視線、それが哀れさを訴えるような目付きに変わっていたのです。父に殴られていた頃の涙に訴える目付き、人様に同情を求めるような目付きで、化粧の匂いとは違ったほのかな匂いを、身体から放っているのです。

「輸血、血が……、わかったわ。どこの病院なの」

「お前が通っていた高校の隣にある赤十字病院だよ」

「そうわかったわ」

　私はとっさにドアを閉めたのです。あれほど威張っていたあの父が入院するとは……、今度は頼み事？　命令ばかりして、愛情深い言葉の一つだって囁いてくれたことがあったでしょうか。世間の人は、親は子供への愛情を持っていると言うけれど、産んでくれたことへの感謝などはなかったのです。

　聞かなかったことにしていいようか、しばらく考えてしまったのです。もう少し父の様子を聞いてみたい、ドアを少しだけ開けると、そこには母の姿はありませんでした。

慌てて道路に出ると、遠くを歩いている母の後ろ姿が目に入りました。小刻みに足を運ぶ姿に、「親」ということを考えさせられます。その姿には、寂しさや孤独が身体の芯まで入り込んでいるように見えるのです。ふと自分の右手を見ると、青いアザが浮き出ていました。

アルバイト先に電話を入れて休みを取り、急いで病院に行きました。病院の受付で、父の名前が書かれた用紙を渡されました。そこにはすでに採血した弟の名前が書かれており、私もそこに名前を書き込みました。

看護婦に言われるまま、腕を出してベッドの上に横になり採血しました。採血を終えてしばらくの間、病院の前に佇んでいたのですが、病室に行く勇気はありませんでした。どうしても足が向かなかったのです。

帰り道、花屋さんに寄りました。通りに面したガラス越しに、大小の鉢に植えられた花が見えました。東京のおじさんの店もこんな感じなのかしらと思い、店の中に入りました。スミレ色や淡い水色、赤紫、それにブドウ色、白、紫紺と様々な色彩の花が咲き揃っていたのです。その中に、目立たない小さな鉢の中でつつましやかに、散り急ぐかのようなはかなさで咲いていた、白い小さな五つの花弁の花がありました。

店員に尋ねると、四季咲きの多年草でナデシコの類だと言われました。よく見ると家の中庭で萩の脇に咲いていた花に似ていたのです。

それを買うことに決めました。玄関に置きます。一人で住み始めて、生活することの難しさを感じてもいたのです。この花は過去を捨てた私を慰めて、ささやかな喜びを与えてくれます。

十四

アパートの近くにはすでに水仙の花が咲き、ハクモクレンの花が咲き始めました。この花が咲く頃には春の歩みが着実に近づいているのです。

弟のことが気になりました。もう中学が終わる時期です。これからどうするのだろう、家を出て東京に行くようなことを言っていたけど……。手紙で携帯電話の番号を知らせておきましたが、弟からの返事がなかったのです。

そのようなある日、弟から電話があったのです。弟の沈んだ声が流れてきました。その口調からは、苦労しているに違いないと感じ取れたのです。

「明日、東京に行くので、その前に会いたい」ということでした。急なことで驚きながらもガソリンスタンドの仕事を休んで、隣町の駅の待合室で落ち合うことにしました。

「どう、元気だった？」

弟は私が使っていた、古くなった小さなリュックサックを横に置いてベンチに座っていました。柄のあるシャツにあちこち破れたジーパンを身につけ、髪は短く切っています。口髭もきれいに剃っていました。やや細くなった頰に紅色がさしています。汗臭い匂いもしませんでした。

「相変わらずだよ」

「家を出ることを誰かに言ったの？」

「いや、卒業式にも出てないよ。それに話す人はいない。黙って出てきた。あいつらに話すことは何もないよ。いつだったか、俺とお姉さんで庭先に田を作って米を育てたでしょう。昨年俺も隣の家から苗を貰って植えたけど、あのババア、また刈り取ってしまったよ」

弟の横顔からは、どのように表現してもしつくせない哀愁が読み取れたのです。まるで心の中を寒風が吹き抜けるような、悲しみを見せていました。

「そうなんだ……」

「俺の夢を、刈り取ってしまうんだよ。あいつら……」

背を丸めて足元をじっと見ている。

こんな様子で東京に行けるかしら、そう思いながらも、私にはそれ以上の言葉が出てきませんでした。

「ねえ、気になっているんだけど、お父さんが入院したけど大丈夫かしら」

「ああ、あれか。輸血をしたけど、たいしたことではないよ」

ぶっきらぼうに言い放ちます。

「病名は何なの？」

「わからない。病室には行かなかったからね。手術が終わった後、それほど入院していなかったよ。退院して今はピンピンして、仕事に行っている」

「そう、寺に行って座禅はしているのかしら」

「いや、ずっと前にやめたよ。何でも気まぐれ、長く続くはずがないよ、あんな奴。仕事から帰るとババアとケンカばかりして、飽きずにあたり構わず怒鳴り散らして、村でも呆れられて、噂にもならなくなったよ」

「そうなんだ」

「そう、ババアは前にも言ってたように、これからは自分のために生きると言い続けているし……何も変わらないよ」

やりきれなさのにじむ声で、呟くように言うのです。

「お姉さん、家を出てよかったね」

「うん、そうね……」

私の選択は間違ってなかった。二度と家に戻ることはない。悲しいけど、ふる里、そのような言葉すら私と弟にはないのだ。

どこから入ってきたのか、一匹の蛾がくるくると飛び回っています。やがてばさりと音をたてて窓にぶつかり、羽を震わせ必死にガラスをよじ登っていましたが、やっと隙間を見つけてホームの方に飛んでいきました。

「いつだったかなあ。寂しくて、町の寺に行って坊さんに相談したよ。そしたら、悪い親はいない、親を大切にしなさい、と言われた。世間はそう言うよ」

沈んだ声でうつ向いている。

「ねえ、鼻は大丈夫？　それに気を失うと言っていなかった？」

「ああ、鼻はもう治らないよ。それに気を失うことは時々あるけど、歩いている時ではないから……、どうにか」

「そう……」

しばらくの間、何の考えも浮かんできませんでした。

下り電車が入ってくるアナウンスが流れてきました。ほどなく電車から乗客がホームにどっと降り、改札口から出てきました。

改札を通る人の波を眺めていました。その中に、中年の男の人がいました。東京のおじさんと横顔が似ていたのです。

「ねえ、あのおじさん、東京のおじさんに似ていない？」

私は驚きで心臓が高鳴っていました。思わず胸に下げたクローバーに手をあてていたのです。顔を上げて、改札口から出てくる人たちを眺めていた弟も、そのおじさんを見ました。

「そお、よく覚えていないけど、似てるの？」

「そうよねえ。東京から来るような手紙か電話がなかった？」

わずかな期待と、嬉しさが込み上げます。

「いや、聞いてないけど……」

男の人は急ぐこともなくゆっくりとした足取りで、私たちの前を通り過ぎていきました。思わず声をかけそうになって立ち上がった弟は、後ろ姿が見えなくなっても影を追うかのように立ったまま、その人が行った方を見つめているのです。

「違うわ、おじさんと比べて顔も四角いし、それに背が低いもの」

私は落胆して言いました。疲れがどっと押し寄せてきたような気持ちになっていました。

「ねえ、東京のおじさんの所に行けば、きっと力になってくれるよ」

出来るだけ快活な声で言いました。

「それが、住所がわからないんだよ。ババアからは、お前とは関係がないのだから、東京のおじさんの所には行くなって言われていたから……」

いくらか涙ぐんで、不安そうに言うのです。

「さあ、これを受け取って。わずかだけど役にたつから」

そう言って、紙に包んだお金を渡しました。

「ごめん、俺のために」

微笑みながら私を見ています。

「いいの、これぐらい……。もっとあげたいけど、これが精いっぱい」

「大丈夫。俺、ババアの所からお金を盗んできたから、これで都会に行けるよ」

慌ただしくポケットに入れます。

「盗みを……」

そう、私だって、家を出る資金にしようと母からお金を盗んでいたのです。

「だって、どんなに頼んでも小遣いはくれないよ」

「そうよね。何もしてくれなかったものね。でも、もう盗みはしないでね。それに都会で働く所があるの？　泊まる所も……」

弟は落ち着きがなく、不安が身体から滲み出ています。

「まず新宿に行って、泊まる所と働く所を見つけるから安心して」

視線はあちこちさまよい、そわそわしています。

スピーカーから、上野行きの電車が来るというアナウンスが流れました。

「お姉さん、ありがとう」

立ち上がって切符を買い、改札口を入って、こちらを振り向いたのです。

「お姉さん、家には戻らない方がいいよ。前と変わらないからね。俺も戻ることはないよ。もうこの田舎には未練がない。ふる里から追い出されて出ていくのだから。それに、何かの本で読んだけど、記憶は過去、夢は未来、と書いてあった。夢を消されても、また夢を生み出して未来につなげるよ。どんなことがあっても勉強して大学には行くつもり。だから安心して……」

一歩二歩と改札口に近寄った私に、何だかあいまいな微笑を漏らして手を振っています。背中を丸めてリュックサックを肩に掛けた後ろ姿が、やけに老けているのです。

弟は階段を駆けあがって上りホームに走っていきました。

間もなく電車が来ました。私は、反対側のホームから、弟の電車が出るまで見ていたのです。ベルの音は止み、電車が走りだしました。もう弟の姿を見ることは出来ませんでした。

電車は走り去り、誰もいないホームからは、決してまじわることのない二本の線路だけが長々と延びているのでした。

ふる里。生まれたこの土地。父や母の愛情に包まれることなく生きてきた弟。これからどんな幸福の絵が描けるというのでしょう。

父と母の態度からは、心を和らげるもの、やさしさや哀れみに満ちたもの、希望にあふれるもの、心を鎮めるようなものの何一つ、私や弟の心にもたらしはしなかったのです。これからは弟も幸せを摑んで欲しいという想いでいっぱいでした。

第八章　病院勤務

一

弟が東京に行って一年が過ぎました。弟の言い残した「記憶は過去、夢は未来」という言葉を胸に、チャンスがあったらいつでも看護婦を目指そうと思っていました。さいわい、ガソリンスタンドの休憩室で、新聞に病院の臨時職員の募集が出ていたのを見つけたのです。早速、履歴書を送りました。ガソリンスタンドとコンビニのアルバイトを辞めて、町はずれの中堅の総合病院に看護の臨時職員として仕事に就いたのです。私の他に臨時職員は三人いました。入院患者はほとんどが年寄りでしたが、私は嬉しかったのです。自分の考えていることが少しずつ前に動き出したのですから……。

私たちの仕事は、一階から五階まで、玄関から廊下、階段にいたるまでをモップで拭くことでした。それから食事を病室に配り、食べ終えた食器を片付けて厨房に運び、女子トイレの隅にあるバケツに入った患者が使った物を洗濯します。そして洗ったものを屋上に運んで干します。

時折、病室から、見舞いに訪れた親に連れられてきた子供の泣き声が聞こえてくる時もあります。町を歩いている時にも、バスに乗っている時にも、どこにいても子供の泣き声を耳にすると、ヘビに飲み込まれたカエルが出していた鳴き声に聞こえるのです。私の身体は硬直して震え、心は嵐のように乱れます。

毎日のフラストレーションがたまります。アパートに帰る頃には、仕事に慣れないためか、疲れてヘトヘトです。部屋に入って電気をつけると、目の前には何も変わらない部屋。でも私には看護婦になる夢がある、何度も呟いていたのです。

ここしばらくの間、夢を見ることもなかったのですが、うとうととしている頭の中に、弟がぼんやりと出てくるのです。つまらなそうな顔付きで、私を見ているのです。飛び起きると身体は汗ばみ、シーツが濡れていました。流しに行って水を飲みました。あれは弟、夢を持ち続けて大学に行くと言っていましたが、どうしているのでしょう。

何気なく窓辺により、カーテンを開けます。薄明るくなった窓から朝の光が、目の中に飛び込んできました。

二

久し振りの休みの日でした。病院で働き出してから何度か休みの日はあったのですが、疲れているせいか、初めての休みのような気がします。ゆっくりと起き出し、手、足を伸ばして欠伸をしました。いつものようにパンと目玉焼きを作って食べます。

それから部屋の掃除、といっても掃除機がないので畳を箒で掃きます。洗濯機もないので、近くのコインランドリーで一週間分の洗濯をしました。それが終わると、古着屋に出かけました。服を買うのは古着屋と決めていたのです。その途中にある店で服を手に取ってみたのですが、デザインといい肌触りといい、申し分ないものでした。一度でいい、このような服を身につけることが出来れば、悪魔に心を捧げてもいいとさえ思えたのです。古着屋を出て、中古品の家財道具を売っている店に立ち寄りました。欲しいと思っていた茶箪笥がまだ売れ残っていましたが、買うことは諦めて店を出ました。

大通りを歩いていると、自転車に乗ったおじさんが前にいたのです。よれよれの服を着て猫のように背を丸めて自転車に乗っています。後ろ姿が父のように見えて、立ち止まりました。慌てて木の陰に隠れながら、その後を追ったのです。赤信号で、その人は自転車を止めました。信号が変わるまで、あちらこちらをキョロキョロと見ています。

こちらを見た一瞬で父だとわかったのです。どうしてここにいるのでしょう。普段はこの町に来ることはないのに。もしや私のアパートに来たのでは……？　もしそうだとしたら、いったい何の目的で……。

信号が変わり走り去る、自転車に乗った父の後ろ姿を見つめながら、アパートに帰ればわかることだと思いました。

アパートの隣の人に父が訪ねてきたかを尋ねましたが、来ていないようでした。二階に住んでいる人にも尋ねましたが、やはり父が来た様子はありませんでした。

その日は、あれやこれやの考えが浮かんできては消えていきました。

三

今日は遅番なので午後から病院に行きました。

介護士や職員の人たちが、今までにない態度なのです。挨拶をすると視線をそらすような、話しかけると逃げるような態度を取るのです。いつもと違った雰囲気です。みなヒソヒソと話し、苦笑いを浮かべて私を見ています。

異空間にいるような、何とも表現出来ない心持ちでした。すると、看護婦長から呼び出しがあったのです。ドアを開けると、でっぷりとした五十歳ぐらいの婦長は忙しそうに電話をしていました。入り口に立っている私に、椅子を指さして「座れ」と合図をするのです。言われるままに座りました。長電話を終えると私の方を向き、

「あなたのお父さんとお母さんが来ましたよ」

ニコリともしません。

「親が……」

「そう、あなたのご両親が来たのよ」

一瞬、言葉を失いました。

「今は一人で住んでいるの？　あなたに家に戻ってきてくれないか、と言っていましたよ。隣の村なのだからこの病院に通えるでしょう。どうなの、帰っては？」

「家に……」、今度は、学校ではなく職場にまで……。

「そう……どうなの」

婦長さんは困った顔をして私を見ています。

「いいえ、帰りません」

もう帰れない。やっと出た言葉、はねつけるように言ったのです。

「お前、私の親のことを知ってるのか。何も知らないくせに……」、言葉に出して言いたい、でも飲み込みます。

「そうなの、でもあなたの親でしょう。親を大切にしないと。着ていらした洋服もくたびれていて、同情をさそうわ」

「洋服ですか？」

和服ではなく服装まで変えた？

「そう」、首を何度か動かし、

「この病院に見舞いに来る人たちはみんな、親を大切にしているのがわかるでしょう」

軽蔑するような、何とも推し測ることが出来ない顔付きでした。

「帰ってあげなさい。あなたのことをいろいろと言っていたわよ。随分、親を困らせていたみたいね」

そう言って、婦長さんは部屋を出ていきました。

婦長室を出た私は納得したのです。病院のみんなが急に変な態度を取ったのは、親が何事かを言ったせいだと。おそらくいいことは言わなかったとはわかっていました。「うちの子は親を困らせている」、二度と来るなと言っておきながら、どうしてそのようなことを言いにきたのでしょう。どうして服装まで変えてわざわざ言いにくる必要があるのでしょう。それに、この病院で働いていることがどうしてわかったのでしょう。

病室を回る看護士に、和田実という人がいたのです。彼とはそれほど話したこともないのですが、いつも私の顔を見てにっこりと笑顔を向けてくれるのです。職員の中では彼一人でした。普段話す人がいない私にとって、彼の笑顔ほど心が安らぐものはありませんでした。でもこの日に限っては、普段とは違ったむっつりした顔を向けるのです。私は構わずに、「私の親が来たでしょう」と尋ねました。すると、彼は迷惑そうな顔をして、言いにくそうにしていました。

「そうだね。親をババアと言って怒鳴ったり死ねと言ったり、反抗ばかりして、小さい頃から悪さをして、親は泣かされていたと言っていたよ。肩を落として泣きそうな声で……。その様子を見ていた職員たちは、みんな同情をしていたけどね」

軽蔑するような疑い深い目を向ける。「お前は随分と酷いことを親にして」と思っているのが、ありありとわかるのです。

「そう。でもどうしてこの病院で働いていることがわかったのかな……」

独り言のように呟くと、彼が苦笑いをもらして、

「何でも、病室に見舞いに来た村の人がいて、その人がここで働いている君を見て、お母さんに話したそうだよ」

見下すように言って去っていきました。そのような話を聞くと、やるせなさがひしひしと胸に迫ってきました。どこまでも逃げ道がないのです。暗い井戸の底に、つき落とされたよ

うに感じるのです。これでまた、人が遠ざかります。

どうして明子さんのお母さんのように、自分の子供を認めようとしないのでしょう。幼い頃からずっと心の奥に持ち続けていたもの、私を認めて欲しいという思いが崩れていきます。トイレに駆け込んで泣き続けました。だって出てくるものが、涙以外にないのですから。叫ぶことも出来ない、泣き続ける以外に出来ることがないのです。

温かい私の居場所はどこに……。

私の名前を呼ぶ声が聞こえたので、慌てて涙を拭いてトイレから出ていきました。

「どこに行っていたのよ。夕食の時間だからね。患者さんが食べ終わったら早く食器を片付けてよ」

待っていた介護士に言われて、食器を厨房に運びます。それからバケツに山になっていた洗濯物を洗いました。

すると病室から、緊急を知らせるブザーが鳴ったのです。壁に掛かった時計を見ると、夜九時を過ぎていました。この時間になると、必ずブザーを鳴らす患者がいるのです。「またか」と洗濯をやめて、懐中電灯を持って病室に行きました。

「どうしたの?」

おばあさんは仰向けに寝たまま、毛布をベッドの下に落として足を長々と伸ばし、何も答えてくれません。毛布をかけ直してから他の患者を見ました。すると病室の壁のあたりに薄暗く、ぼんやりと母の姿が浮き立っていたのです。

「いい気味だ。どこに行っても人から嫌われて」

どこからともなく母の声が……。私は思わずその場を離れたのです。トイレに入り、へたへたと崩れるようにその場に座り込んでしまいました。

「お願い、許して、もう耐えられないわ」

しばらくの間、洗濯物が入ったバケツにしがみついていたのです。涙が出てきます。拭いても拭いても出てくるのです。声を押し殺して涙を拭きます。ほどなくして、バケツを手に屋上に出ました。洗濯物を竿に掛け終わり、何気なく空を仰ぎ見たのです。

病院は高台にあり、こんもりした木々に取り囲まれ、昼にはその切れ間から海が見えるのです。それを見ると、少しの間、心が休まります。夜になると無数の星が夜空にきらめきます。それを眺めているとどんどん星の数が増して、まるで天の川のように銀色の一粒一粒が際立ちます。闇の深さに吸い込まれた私は体が浮き上がるように感じるのです。それはまるで魂が空に昇っていくようで、私の心が洗われるのです。

四

いつものように朝食を取って職場に向かいました。昨日と同じように挨拶をしますが、それに応えてくれることもなく、職員たちは私を見ているだけです。まず私がすることは、廊下をモップで拭くことです。

看護士の彼が検温のために病室をまわっている時、「おはよう」と声をかけてくれました。手を休めて、出来るだけ人に見られないように、「おはようございます」と答えると、「辛いこともあると思うけど、頑張ってよ」

彼が笑顔を見せてくれるのです。

一人でも笑顔を向けてくれる人がいたのです。すべての澱が身体から流れ出ていくような気持ちでした。

彼と親しくしているところを他の職員に知られたくありませんでした。この病院では、職員の間で男女の噂が流れると、必ず中傷されて働くことが出来なくなるのです。特に病棟の中では気をつけていました。

一階の玄関から五階まで拭き終わると、昼食の時間です。各病室への配膳、片付けは他の介護職員に任せて、屋上の洗濯物を取り込み棚にしまって、帰り支度をして病院を出ました。

バス停には数人が待っていました。すると、聞き慣れた男の人の声がしたのです。振り返ると、看護士の彼でした。

「やあ、今日は早く終わったの？　君もこのバスで帰るところ？」

丸顔の彼は目が隠れてしまうように笑い、縦縞の半袖シャツのボタンを襟元まできちんととめていました。

「そうなの。和田さんはいつも遅いの？」

「いや、だいたい今ぐらいかなあ」

すぐにバスが来ました。

「どう、駅の近くで一緒に食事でもしない？」

彼が声をかけてきたのです。

友達が出来なかった私は嬉しかったのです。職員同士で食事に行っていることを耳にしていて、私にも声をかけて欲しいという思いはありましたが、誘われることはなかったのです。人に食事に誘われることなど初めての経験でした。戸惑いながらも喜んで承諾しましたが、財布の中が気になりました。思い悩んだとしても仕方がない、何とかなるだろうと思い直したのです。

駅に着きました。バスを降りて近くの店の前に立ち止まった彼は、「この店だよ」と言ってドアを開けました。看板に「牛肉」と書かれた店でした。

何度も見ていた看板です。食べたいと思っても私の給料では食べられないと、いつも通り過ぎる店だったのです。

「どうしたの。さあ」

先に入った彼がドアから首を出して、声をかけてきました。彼に促されて私も店に入りました。客は奥の方に、二、三人いるだけでした。

彼の後に従って席に着くと、テーブルにはメニューが置いてありました。それを開いて、「何を食べる?」と私に渡すのです。手に取って見ると、どれも高価に思えます。

「僕が注文していい?」

戸惑っている私を見て、メニューを覗き込みながら言います。

「お願い、そうして」

彼が店員を呼び注文しました。

「この店にはたびたび来るの?」

「うん、町はずれに住んでいるからこの店は近いので、給料日には来るよ。君は?」

テーブルからお手拭きを取って、顔を拭きながら言います。

「私、初めてなの」

私のお金で大丈夫かしら、と不安を抱きながら言います。

「そう、ここは、他の所よりも安くてうまいのさ」

店員が肉をのせた皿と二、三の料理を運んできました。

「さあ、食べよう」

彼は、肉をテーブルの中央にある網の上にのせます。ジュージューという音。二、三度、肉をひっくり返して、「さあ、食べよう」と、私の皿に入れてくれます。彼が食べる様子を見て私も食べます。「おいしい」、自然に口から出た言葉でした。

大きな丸い顔。肉を嚙むたびに目を大きく見開いています。彼が食べる様子を見て私も食
「だろう、また焼くから遠慮しないでどんどん食べてよ。野菜もあるからね」

彼が網から肉を取って私の皿に入れてくれます。口に入れると、心が溶けていくようでした。茶碗のご飯を口に入れます。

「昨日のことはどうなったの？　職員の間ではいろいろ噂になっているよ」

「ああ、親との関係ね。そのまま、何とかなりそう」

思い出したくもないことでしたが、患者のこと以外に話すことがない職場です。つまらない職員の噂が話の種になることにうんざりして答えたのです。

「そうかあ、まあ、いろいろと噂もあるけど、気にしない方がいいよ」

ご飯をほおばった口を動かしながら言います。

「今は、アパートに住んでいるの？」

「そう、この近くよ」

「ほら、早く食べなよ。焼きすぎると硬くなってしまうから。網から上げないとだめ」

にこにこ笑って言うのです。

「大丈夫。自分で取って食べるから」

肉を取り口に入れます。舌がとろけそうな感触。

「僕さあ、前から君が気になっていて、この店に誘おうと思っていたのさ」

「私を……」

「そう、君を。素敵だから、前から話してみようと思っていたのさ」

「私が……、嬉しくなるわ」

このようなことってあるのかしら。どのような言葉でも表現出来そうもない言葉。どれほどこの言葉を望んでいたことでしょう。それが今、私の目の前にいる人から……、私が素敵だって……、目頭が熱くなります。箸を置き涙を拭きます。

「どうしたの？」

「ううん、何でもないわ」

「どんな噂を流されても、そんなの気にしていてはこの職場は身体がもたないからね。ほら肉を食べて、野菜も。焦げてしまうよ」

　肉を皿に入れてくれます。

「大丈夫よ。自分で取るから」

「僕、親父と母親の三人で住んでいるけど、そろそろ一緒に住むのが嫌になったよ。誰でもいろいろと問題があるからね。兄弟は？」

「弟がいるけど、東京に住んでいるの」

　ひっくり返した肉を、私の皿に入れます。

「そう。僕は一人っ子だからな。最近、親父には結婚する女性はいないのかと言われて嫌になる。君みたいに一人で住んでいれば、そんなことはないだろう？」

「そうねえ。もうそんな歳なのかな」

　あいまいな返事はしたものの、結婚という言葉が心に残ります。

「歳は幾つになるの」

「十八歳よ」

「じゃあ、僕の二個下だね」

「そうなの。もう少し歳上かと思ってたわ」

「そんなに老けてはいないよ」

彼は笑いながら答えます。

生きていれば何か楽しいことがあるだろうと思っていました。それがこのような形で実現するなんて。人と食事することの喜びを、一口、一口、味わっていました。

肉がなくなりました。火を消した後の網の中央あたりが黒く焦げています。

「僕はこれから人と会う約束があってね。専門学校時代の同級生なんだよ。もう少しゆっくりしていたいけど……、またここで食べよう。誘うからさ」

「はい、嬉しいわ。ぜひ誘ってください。楽しみにしています」

「さあ、出よう。お金は僕が払うからね」

彼に促されて立ち上がりました。

外で待っていると、会計をすました彼が出てきて、「じゃあ、また」と手を振って別れたのです。彼は二、三度うなずき、目を細めた大きな顔には笑みが浮かんでいました。私はお腹いっぱい食べたことに満足でした。家にいた時にはなかった外での食事、それも父や母とでは考えられない食事でした。

五

仕事に向かいます。いつものように機械的にみんなに挨拶をします。彼が人目を気にしながらも、帰りにはいつもと変わらない笑顔で食事に誘ってくれます。

彼に誘われるたび、週に二度三度と焼き肉店に行くようになりました。猫が毛をなでられるような気持ちで彼についていくのです。お金は彼が払ってくれました。彼と別れての帰り道は、彼の言葉や食べている時の表情を思い起こし、繰り返し味わっていたのです。

店を出たら別れるはずなのに、今日は彼が私のアパートについてきたのです。

「ちょっと歩こう」、そう言って彼の手が私の肩にまわりました。お酒を飲んで私もちょっと良い気分になっていたのです。道幅のある道路から路地に入りました。他に通る人はいません。

彼の匂いが微かに鼻に届きます。特に話すことも見つからずに、いつの間にか私のアパートの前に来ていました。

「ここが君のアパート？」

「そうなの。ちょっと寄っていかない？」

気持ちはすすみませんでしたが、食事のたびにお金を払ってくれているのです、部屋に入ってもらいました。料理は得意でない私ですが、お新香などを皿にのせて、冷蔵庫から缶ビールを取り出して二人で飲み始めました。

十八歳の私ですが、この頃お酒を飲むようになっていたのです。ほとんどビールでしたが、お酒を飲むことで一日の疲れや人とのつまらないことが飛んでいくのです。真夜中にふと、悪い夢にうなされて目覚める時があるのですが、ビールを飲むとぐっすり眠ることが出来るのです。

彼が、幼い頃のことを話し始めました。それが面白く、笑いながら聞いていたのですが、ふと時計を見ると、もう随分時間が過ぎているのです。

彼には家で待っている両親がいるのです。時間のたつのが気になりました。彼は酔って目がうつろになっています。私のアパートに泊めるわけにもいかず、このまま二人で朝までいたいような複雑な思いでやきもきしていました。そのような時に、やっと彼は立ち上がったのです。

「大丈夫、駅まで行ってタクシーで帰るから心配しないで」

彼は玄関に向かいました。

「親からは、結婚するような恋人はいないのかと言われていて。前から考えていたのだけど、歳も離れていないし、僕と結婚しないか」

と言うのです。

「ここに一緒に住んで、二人で働いて、お金を貯めてから他に住む所を見つけてもいいし、僕の実家で暮らしてもいいし。どう、考えてくれ」

私はその言葉に驚きました。「結婚、それも私が……」。考えたこともないのです。それに彼を男の人としてというよりも、同じ職場の友達と考えていたので、特に意識をしていなかったのです。

返事に困っていると、「とにかく僕は決めたから、返事は後でいいから二人で住もう」と言って帰っていったのです。

酔いに任せてそのまま布団に潜り込みましたが、どうしても「結婚」という言葉の甘やかな情景が浮かんで寝付けないのです。

ふと見ると、右手の甲に青いアザが浮き出ています。

ここに一人で住んでいる私。それが、「私が結婚」。何度も何度も、同じ言葉を繰り返していたのです。男の人と家庭を作り、子供を育てていくことへの不安もありました。

六

廊下を拭いていると、「あら、恵子ちゃんじゃあないの」と病室から出てきたおばさんが声をかけてきました。村の人でした。

「えっ、あら」

また、私の家に行って何か言われたら、とどうしたらいいのか迷っていました。

「ここで働いているの」

「はい」

心は落ち着きません。

「うちの旦那の兄が肝臓を悪くして入院してね。今、見舞いから帰るところよ」

「そうですか」

「恵子ちゃんもたまには家に帰るの」

「いえ、帰りませんけど……」

呟くように言ったのです。

「そうなの。たまには帰らないと、ご両親も心配しているんじゃない？　随分、迷惑かけていたのでしょう。あなたのお母さんがそう言って泣いていたわよ」

私の顔をじっと見ているその目は、冷たいものです。

「でもねえ……。いい噂は流れていないものねえ。あなたのお父さん、道で会ってもうちの旦那が挨拶をしないと言って、すごい剣幕で胸ぐらを掴んで殴るそぶりをするのよ」

「そんなことを……」

「そればかりでないのよ。お祭りの日に、昔のしきたり通りにやれと言ってね」

「お祭りですか」

そういえば、お祭りでは村の人たちが集会場に集まって、頭にはちまきをして神輿を担ぎ村を練り歩くのでした。もう神輿を担ぐ若者がいないと聞いてはいたけど、まだ続いていたのだ。

「そう、お祭り。うちの旦那がお祭りの責任者なの。それも名前だけなのよ。今は若い人がいなくなってね、神輿を担ぐ人がいないの。だから年寄りだけでは昔のようにはいかないのよ。それを根に持っていたのね」

「そうですか、本当にごめんなさい」

「まあ、あなたに言っても……いろいろあるのよ」

口元には微かに笑みをとどめていましたが、内から湧き始めた震えを押さえようとして、おばさんの唇はこわばっていました。私は軽く頭を下げ、逃げだすようにそそくさとその場を離れたのです。

他の病室の前の廊下を拭いていると、先ほどの村のおばさんがまた現れて、声をかけてきたのです。

「あのね、恵子ちゃん。私ももう歳だから、あの世で待っている人がいるのよ。いつこの病院に世話になるかわからないわ。でもね、この歳になったからわかるのだけど、人それぞれ顔の造作が違うように、身体の匂いも違うのよ。この病院にいる医者も看護婦も患者もみんなそれぞれの匂いを出しているのよ。その人特有の匂いなのよ」

「匂いですか？　匂い……」

突然言われたので、口の中で何度も繰り返していました。

「そうよ。恵子ちゃんからは、この病院にいる他の人たちとは違うあなた特有の匂いを感じるのよ。雰囲気といってもいいわね」

「えっ、そんな……」

「こんなこと知っている？　ウサギ、あの動物は、そうねえ、ライオンのような動物とは違って、人間からすれば親しみやすい、おとなしい動物でしょう。小屋を作ってウサギの雌と雄を飼ったのよ。子供を産んで殖えていったわ。数日後に、その集団に貰ってきた同じ種類の子ウサギ一匹を入れたのよ。そしたらその集団は、子ウサギが餌を食べようとすると攻撃して食べさせないの。寝る時にも集団はまとまって寝るけど、その子ウサギは仲間に入れない。隅で寝てるわ。そのうち、子ウサギは死んでしまったわ。動物は身体から出す匂いで仲間かどうかわかるのよ。人間も同じなの。親から貰った匂いを持って生まれてくるのよねえ。でもねえ……、恵子ちゃんのお父さんとお母さんは、相手によって匂いを使い分けて出しているわよ。どんなにつくろった匂いを出してもわかるわ」

「そうなんですか……」

「そうよ。恵子ちゃん、普通の人が出している匂いは穏やかな、あるかないかの匂いなのよ。それとは違ってあなたの匂いは、人を攻撃するような匂い。あなたを知らない人は身構えてしまうような匂いを放っているのよ。雰囲気とも言うけど、それは自分ではわからない身体の匂いなのよ」

「えっ、そんな……」

私の顔をじっと見つめているのです、怖いくらいに。

「悪いことは言わない。心掛けで、その人が持っている匂いを変えることが出来るのよ。そうすれば雰囲気も変わる。違った匂いを感じても、人はウサギのように攻撃まではしないわ。辛いけど、頑張ってね。それに、たまには家に帰りなさいよ」

先ほど私に向けてきた冷たい目付きではなく、にこにこして手を振って去っていきました。

そういえば同じようなことを、明子さんのお母さんも言っていたわ。私特有の匂いはどんな匂いなのかしら。まさか父や母と同じなの？　嫌だ。あの匂いだけは……。

どこにいても出てくる父と母。モップを手に、しばらく考えてしまいました。気を取り直して、村の人と会わないようにうつ向いて階段を拭き始めたのですが、気が沈みます。出来るだけ忘れるようにして、夕食の配膳、洗濯を終えて家路に着きました。

重い足を引きずって帰り着き、いつものようにアパートを見て足が止まりました。私の部屋に電気がついているのです。

「えっ、私の部屋に……何かの間違い？」、よく見ると、カーテン越しのガラス窓に映る人影があります。もしや、私の両親が……。身体に恐怖が走ります。私のアパート……行かなくてはなりません。恐る恐る玄関に近寄り、ドアを開けたのです。

入り口に立っていたのは、和田実でした。

「やあ、黙って部屋に入ったよ」

目が隠れてしまいそうなほどの笑顔です。

「えっ、どうして？」

「うん、僕たちは恋人同士で、彼女から渡された鍵をなくしてしまったと大家さんに言って開けてもらったのさ。それから近々、結婚するとも言っておいたよ」

「えっ、結婚、そう言ったの？」

「ああ、そうだよ。だって君は承諾したと思ったから。それに今日は、午後から休みを取って、家から布団などを持ってきたよ。恵子ちゃんと住もうと思ってさ。さあ、そんな所に立っていないで靴を脱いであがったら。ゆっくりとこれからのことを話そう」

私の腕を掴み、部屋の中に引き入れようとするのです。

「待って、今、靴を脱ぐから……」

引かれる手を振り払い、靴を脱いで部屋に入りました。部屋の隅には丸くなった布団が置かれ、その脇には、開いたダンボール箱が二つ置かれて、下着がはみ出ています。

「ここ、私のアパートだよね」

「そうさ、でもこれからは違うよ、二人のアパートだ。どうしてそんなに怒った顔をしているの?」

怒るというよりも、私はこの変化に、この男の変化に驚いていたのです。ここまで、どうして?　わからないわ。これが男の人の行動なの?

窓辺の置時計の秒針がひくひく動いている。酷い息苦しさを覚えます。

彼は冷蔵庫から缶ビールを取り出して、テーブルを前にあぐらをかきました。

「あなたずうずうしくない。私のアパートに無断で入ってきたのよ」

幾らか腹立たしくもあったのです。

「うまいぞ。恵子ちゃんもどう、今日は二人で祝杯だよ。さあ、座って飲もう。それから、焼き肉を食べに行こう」

缶ビールを開けて飲み始めました。

「いいよ。冷蔵庫にあるもので食べる」

私は冷ややかな態度で言いました。

「少し笑った方がいいよ。恵子ちゃんが焼き肉を食べている笑顔はいいよ」

どうしても納得がいかなかった私は、座って缶ビールを飲み始めたのです。こんな状況で飲むビールはあまりおいしくはなかった。それでも缶に口をつけて飲みました。

「驚くことは何もないよ。君と生涯を共に生きたいと思うたった一つの夢、願いを叶えようと思ったのさ」

彼の声を全身で聞きながら、今日は嫌なことばかりが続いてもうどうでもいい、なるようになればいい、と思うようになっていたのです。

風呂に入ることも忘れて、パンと残り物を食べていましたが、彼はビールを飲みながら舌もろくに回らない口調で、思いつくままに話し続けていました。彼が一人で話している言葉は、私の耳にはいっこうに届きませんでした。

時間のたつのがとてつもなく遅く感じます。私はトイレで寝間着に着替えて布団を敷きました。テーブルの上には空の缶ビールが四本あり、「この人、自分の家にいるような……何か勘違いをしている」と感じたのです。

「電気を消してよ」

幾らか不機嫌になった私は、布団に横になり、毛布を頭からかぶったのです。

やがて彼も私の脇に布団を敷いて横になりました。まもなく、彼の寝息が聞こえてきました。寝付くまで随分時間がかかりました。彼に好意を持って焼き肉店に行きましたが、このように押しかけてきたこの男を本当に愛していけるのか？　もし、彼と一緒に住むことになったとして、彼とこのまま生活して幸福になれるだろうか？という不安ばかりが頭を掠めるのです。

七

翌朝、朝食を取ってから彼がアパートを出ます。その後、私が遅れて出るのです。二人が一緒にいるところを人に見られないように、特に気をつけていました。バス停でも知らない人同士のようにして離れていました。病院の廊下で何度か彼に出会っても、挨拶はしますが、笑顔は消え、何事もなかったように目をそらしていました。

私の父と母が病院に来て以来、職員の間ではまだ私の噂がくすぶっていたのです。ですから私は彼とのことを相談する人がいないのです。もし気を許して職員の誰かに話したら、その後、どのような噂が職場で流れるか。それを考えると、どうしても話すことが出来ないのです。

帰りのバス停で彼と一緒になりました。彼は、怒りをこらえるように、頬の筋肉を細かく振るわせて私を見ています。バスの中には二、三人いるだけで、松葉杖を腕にかかえて座っているお年寄りもいました。ゆるやかな崖沿いの道を滑るようにバスは走り続けます。国道を横切り十分ほど走ると駅に着きました。急いでバスを降りて、踵を返してアパートとは反対の方向へ歩き始めました。途中から駆け足になっていた足を止め、振り返って彼を見ると、アパートの方へと歩いていくのです。

どうしてこうなってしまったのでしょう。言葉に出来ない複雑な感情でスーパーに入り、食材を買って外に出ると、先ほどまで紫陽花色がかっていた通りがすっかり暗くなっています。あちこちの灯りがついた大通りから路地に入りました。

遠くからいつものようにアパートを見ます。足が止まりました。どの部屋にも電気がついている。私の部屋にも電気がついているのです。小さい時から見ていた、家々の幸福を感じさせる灯りがともっています。

彼がいる。部屋に入って一人で電気をつけるのとは違って、待っている人の心の温かさが感じられるような灯りの中に住めたら……、そのような幸福な日が来ることは私にはないのかもしれない。真っ暗な人生の隅っこに立っている私自身のように見えていたアパート。しかし今、目の前に見えるカーテンの隙間から漏れる灯りは、あたりに暖かく映えています。とても深みのある、孤独感とは程遠い灯りのように感じます。

涙が出てくるのです。どれほどこの灯りを待ったことか。父や母ではなく、彼が暖かい電気をつけて待っている。あの灯りの下で、私を「素敵な人」と言ってくれた彼。このようなことは一生ないと思っていました。すると、どうしようもない感情があふれるように湧いてきました。

彼に出ていってもらおうと思っていましたが、そのまま受け入れる気持ちに少しずつ変わっていたのです。

彼を許そう。彼だったら、きっと私をやさしくいたわってくれる。幸福そのものの絵が描ける。胸がしめつけられるような、初めての感動で自分がいっぱいになっているのを感じていました。

八

暖かさを感じる季節になりました。一日一日と日がたつにつれ、彼と夜遅くまで話し込む余裕さえ出来ました。彼は両親のことや親類のこと、患者や職場への不満などを話します。こうして話していると、話が出来る同居人のいることが嬉しかったのです。話し合うことは山ほどあり、どこから話していいのか迷うほどでした。

髪を短く刈った、色黒で笑うと目がなくなる丸顔。彼の低い声が灯りに包まれて私の肌に染みこんできます。その言葉の一つひとつは、そのまま血や肉に溶けて身体を温めてくれるのです。彼は心を許せる相手になっていました。また一人で住むことになったら、と考えると、温かい湯につかっていたところから急に外に出る、そんな不安な気持ちになります。誰からも離れて立つ自分が、あてもなく一人、大海原に漂っているような空想をして、身に迫る孤独感からゾッとする気持ちになっていたのです。

ですから、彼との同居は思ったより楽しくさえあったのです。彼が帰ってくるのを楽しみにしてスーパーに寄り、夕食を作ることにも慣れました。

「これまで僕は女の人とうまくいかなかったんだ」と言いながら、彼がつきあった女性たちとの話を始めます。それがあまり幸せな結果に終わっていなかったのを知ったのです。そのような話の後で、「君を愛している。好きだよ」と言われるたびに、彼の小さな欠点はすべて忘れます。褒めてくれる人がいなかった私にとって嬉しい言葉だったのです。何よりも、父のように料理についてゴタゴタ言わない、喜んで食べてくれることが、どれほど嬉しかったことか。

彼の中に存在する自分の姿が立派すぎること、それだけが不安でしたが、彼の考えるような自分でありたい、と強く思うようになりました。めぐり合えたことの喜びで、私の身体は熱くなってもいたのです。

これはきっと、東京のおじさんが言っていたこと、「きっといい人が現れて助けてくれるからなあ」なのでしょう。肌身離さず持っていた六つ葉のクローバーを握り、「おじさん、ありがとう」と呟いていました。

私は夜九時頃には床につく習慣があったのですが、彼が来てからは、十時頃に床につくようになりました。いつものように二つの布団を並べて寝ました。

夜、私は母の夢を見ました。飛び起きてあたりを窺ったのです。それはまるで浮遊していた悪霊が、暗闇に乗じて瞼の内側に滑り込んでくるようでした。影は段々とはっきりして、ぼやけた視野の中に、ヘビに向かって鎌を振り下ろす母が見えます。私の目は、母の手、骨張った肩、縮れた硬い髪へとたどってゆきます。母の足元には二、三の臓物とヘビがくわえたカエルの死骸。私を振り向いた母の目、あれは確かに、ヘビの目にそっくりでした。それはまた、六歳の頃に見た、父の目にもそっくりでした。

いったいどうして夢にまで出てくるのでしょう。

「両親には不満もあるよ。でも僕の性格、それから人生観、すべてが両親によって色付けされているからね。医師、職員や患者を見ると、どのように教養をつけても、これだけは隠すことが出来ない、一生変わらないものだとわかるからね」

寝る前に、彼はそう言っていました。私にとっての両親というもの、それに、性格も人生観も、すべてが両親によって作られているということを考えるのです。

彼のご両親はどのような人？　きっと他人との距離のとり方、人との話し方や接し方などを教えてくれたのでしょう。うらやましくもあったのです。「一度、両親に紹介するからな」と言っていた彼。でも怖い。いや、やさしい人たちかもしれない。考えがいったりきたりしますが、会ってみたいのです、もしこのままでいけるのなら……。そして結婚。少なくとも自分は変われる……。そう信じなくては。身体はどこにも悪い所はない。私が結婚して家庭を作るなら、もう過去には戻りたくはない。暴力や怒鳴り声が響くような家庭ではなく、明るく穏やかな家庭を作りたい。家族の誰もが何でも話せて笑える家庭、そのような家庭を作りたい。

彼の寝息を耳にしながら、そのような考えが湧いてくるのです。

九

こうして私たちの少し風変わりな生活が始まって、数日が過ぎました。夜勤が終わって早く帰ってきた彼は、夕食を食べながらお酒を飲んでいました。口数も少なく、酔ってうっすら赤みを帯びた目は、怪しい険しさをたたえています。

食べ終えて風呂に入り、布団を敷きます。電気は消したものの、彼の髪の脂の匂いが甘く漂ってきます。二人の頬が近くなった。酒の匂い、お互いの頬の熱さがわかります。彼の手が伸びてきて、唇が触れあった。彼にキスをされ、その唇の温かさを、私を摑んでいる腕を力いっぱい、撥ねのけてしまいます。

「ダメ、怖いの」

私は抵抗します。

「嫌、やめて」

声を荒げて言いました。人に身体を触れられると幼い頃の自分に戻って、暴力のように感じてしまうのです。

彼は何も言いませんでした。私の願いは聞き入れられたと思ったのです。彼の男性特有の匂いに包まれると、深い谷に吸い込まれるような快さがありましたが、男性とのふれあいに、どうしても身体が硬直してしまうのです。

十

その日以来、寝ている私の身体に伸びてきた彼の手に触れられるたび、私は突き放すように身体を離していました。彼は、その手前で立ち止まっていました。恐ろしい何かをよけるように、彼の手は私の下着を避けるのです。性的な関わりがまるで二人の将来を決めるように、二人とも追い詰められた感じでした。その後も、二人にとっての絆を確かめ合う日々を過ごしていましたが、窮屈で重苦しい時間を重ねることにもなりました。結婚、家庭、子供を産むとは？　同棲している身で？と不安が押し寄せてくるのです。その意味を自問自答しなければならなかったのです。胸の底に沈んだこの塊を、私はどうすることも出来なかったのです。はっきりした答えは出てきませんが、彼を大切に思い、放したくないと感じる日々でした。

毎朝、寝不足のまま起き出します。このような日が彼と同棲を始めて二カ月ほど続いていました。言葉も少なく朝食を食べ、アパートを出ます。

患者の検温を終えて、廊下に出てきた彼と顔を合わせます。私はモップの手を休めて彼を見ます。彼は怒るのでもなく、あまりにあっさりと背を向けます。すでに硬い殻で覆われているように、私の視線を跳ね返してくるようになりました。他の職員に気づかれることを警戒してのことだと思っていたのですが、少しくらい前のように笑顔を見せてくれても……、言いようのない寂しさを覚えます。

病院からバスに乗って帰ります。いつものように車窓から外を見て疲れを癒やそうとしていたのですが、景色は目に入らなくなり、どこをどう走っているのかさえわからなくなっていたのです。スーパーの買い物袋を手に持って、アパートの前で足を止めます。電気がついています。この灯り、電気の灯り……。「彼がいるんだ」と思いながら、しばらくの間、灯りを眺めます。身体全体の疲労が洗い流されるような気持ちも、いつもと何か違う複雑な思いに駆られます。ドアを開けると、彼がシャツ一枚で、あぐらをかきお酒を飲んでいました。

それはこの頃よく見る光景なのです。私が帰ると、少し苦々しい表情を浮かべて私を見ます。石膏のような硬い微笑の中から、媚びるような、でも刺すような視線を私に投げかけてくるようになったのです。

スーパーで買ってきた野菜を取り出し台所で料理をしていると、黙りこんで能面のような顔をした彼が悲しむでも怒るでもなく、視線をじっと私に向けています。私を見ているその目は、職場でも見せたことがない目。そうあの頃、子供の頃に私が台所で料理を作っている様子を茶の間から見ていた、母のヘビの目にそっくりなのです。私は身震いしました。

「お前、その態度はなぜだ。俺に文句でもあるのか。俺がこのアパートに来たことが不満なのか。はっきり言え」

近づいてきた彼の声がいきなり大きくなりました。口をへの字に曲げ、刃物のような彼の視線に、身体をひいて立ちすくむ私。

突然、頬をはたく鈍い音。

「こら、こっちを向かないか、この野郎。本心では俺がここに来たことが面白くないんじゃないのか。俺のことを何だと思っている」

いきなり私の顎を摑み、激しく揺するかと思うと、汚い物でも放り投げるように手を離す。私の身体はよろめき、襖に音をたててぶつかりました。身体を沈めると「この野郎」という、父の声がしました。頭、肩、胴体を蹴られます。じっと耐えて、彼の怒りが収まるまで襖の桟にしがみついていました。

「お前の身体から出てるその匂いは何だ。前から気になっていたけど、段々酷くなるよ。親からも見放されている女が……。職場だってお前をよく思っている人なんかいないよ。この野郎」

鋼のような声。力がこもっている。

私の身体を蹴る。

私は泣く他に声も出ません。

「だらしがない女。くせえ匂い。嫌だね」

「どうして私がだらしがないの。あなただって嫌な匂いが身体から出ているわよ」

流れ出る涙を抑えながら言います。

「うるせい。生意気に口答えするな」

私の身体の中から怒りが湧き上がってくる。

「親からも見放されている女が……」

乱暴な声。捉え所のない不安が襲ってきます。

「殴らなくてもいいでしょう。私の家の何を知っているというの？」

「患者でなあ、お前と同じ村の人が言ってたよ。お前の両親のことを、いいことは言ってないぞ。お前の親は評判が悪いぞ。だいたいがお前は親に似ているんだよ。俺の親はお前の親とは違うぞ」

毛穴という毛穴から酒の匂いを発散し、体重に任せて身体を押しつけてきました。岩のように頑強な力がこもっています。

押し入れの襖が鈍い音をたてて破れる音。

「俺は煙草を覚えてしまったよ。これもお前のせいだ」

彼は煙草を吸うのに遠慮する気配さえ見せませんでした。胸を反らせ眉間にかすかな皺をよせ、火をつけると口を薄く開いたまま腹の底まで煙を吸い込み、顔の筋肉を一つひとつ解きほぐしながら、ゆっくりと吐いています。

それから彼は、布団を敷いて寝てしまいました。

お腹がすいていたのですが、水を飲み、料理はそのままにして布団に横になりました。消えた電気をじっと見ます。暗闇の中で考えることは、外から見る部屋についていた電気の灯り。それをどんなにか待ち望んだことでしょう。その灯りの下で、このようなことが起きているのです。

彼の口から、「愛している」という言葉さえ聞くことはなくなりました。焼き肉店に行くこともなくなりました。彼は職場でもアパートに帰っても、まるで怒ったような硬い表情を見せるようになりました。父に似た大きな声で怒鳴り、暴力を振るうようになったのです。

虚しさがゆっくりと私の内に広がっていきます。

これが彼の本性なのかしら?と頭の片隅で呟いている自分。

もはやこの気持ちは恋愛ではない。身体の奥にたまってゆく不安は言葉としてうまく表現出来ません。彼との絆がどこにたどり着くのだろうかと、遠い場所を探るように考えていました。結婚という言葉は具体的な形をとらないまま、相変わらず二人の間に漂っていましたが、その言葉を確かな目的として歩むことが出来ないのです。

明日という新しい日が見出せないまま、彼の寝息を聞いているばかりでした。

第九章　弟からの手紙

テーブルに肘をついてぼんやりしています。

目覚めが悪く、先ほどボウッと起き上がりました。あたりを見ると、すでに彼は仕事に出かけた後でした。今日、彼は夜勤の日です。私は休暇を取りました。

窓を開けると、わずかなぬくもりを含んだ風が流れ込みます。鳥の声は聞こえてきません。濡れた木の匂いを感じます。雨滴が樹木の上の方から枝伝いに、一定のリズムで地表の病葉《わくらば》に落ちる音。そう言えば、私がお母さんの家から呼び戻されたあの日も、雨が降っていました。

小さい時に過ごした海沿いの家、そうです、お母さんとお姉さんの家。切り立った崖に沿った人一人が通れるほどの階段を下りていくと、埃っぽい砂混じりの道が投げ出されたように、くねくねと帯のように続いて家々をめぐります。岬の端までのわずかな土地に野菜が植えられて、二、三羽の鶏が、畑の土を蹴飛ばしながら餌をついばんでいました。目に映るすべての物が新鮮に見え、海と波音が交響曲のように私の身体に染み渡り、不安や恐れがなく、生きることに希望が見えていたのです。

テーブルの上に置いた弟からの手紙をじっと見つめます。

お姉さん元気ですか。俺は元気です。前に寺の坊さんに家の事を話しただろう? 坊さんには「親を大切に」と言われた。それに世間の人たちも同じようなことを言っていたけど、その意味がわかったよ。どんな理由があったとしても、俺が親父や母を殴ったりすると、それを見ている俺の守り神のようなものはきっと悲しむと思う。随分苦しんだけれど、やっとわかった。それに俺たちを産んでくれた親だからね。それよりも、今はこれからのことを考えている。販売店にいて、新聞配達をしながら通信制高校に通っているんだ。大学に行きたいと思っている。そこで心理学を学ぶつもり、出来れば大学院にも行きたい。将来は教師になるつもりです。

東京に来た時にはぜひ寄って欲しいな。

じゃあね。

弟も苦労している様子がわかります。

ふと立ち上がって空を見上げると、雨はやんでいました。淡い露草色の空が現れ、急ぎ足で去っていく雲のはてには目に染みる絹雲が流れています。ほんの一瞬、私は今、地球という小さな惑星にいて宇宙の中を漂っていると思いました。この惑星にはたくさんの豊かなものがあふれているのです。

目の前の木々、葉が風をわずかに呼び戻して戯れ、雨のしずくが幹を伝わって光っていました。

ふと手元を見ると、八歳の時についた右手の甲の青いアザが、まだ消えずに浮き上がっていました。

首から下げた六つ葉のクローバー。

今ではすっかり色が変わってしまいました。レジン液に浸して固めたもの、それを掌にのせて眺めます。

東京のおじさん、どうしているの？　元気なの？

私、決心しました。東京に行きます。おじさんには会えないかも知れない、でも都会には弟がいます。安いアパートに落ち着いて、私たちの温かな居場所にしましょう。

人にはそれぞれが持っている匂い、雰囲気があるといいます。でも、私には自分の匂いはわからない。同じ環境で育った弟も、私と同じ匂いを持っているに違いないと思うのです。人の匂いを変えることは出来ません。でも、自分は変えられる。二人して自分を少しずつ変えて、人に好感を持たれる匂いにしていきます。

弟と一緒に住むことは、灯りがついている部屋に帰るということ。世間の隅っこに取り残されたような孤独を感じることはないのです。未来に向かって、いつかの蛾のように盛んに羽を動かしてみます。誰にでも平等に与えられる一日、その一日一日を、一歩一歩、進んでみます。

ささいなことにも喜びを見出して、「ひとひらの夢」を心に、弟と力を合わせて生きていきます。

終章

花模様のノートはここで終わっていた。

結局、最後まで読んでしまった。ノートの文字は感情を抑えて書かれたのだろう、蟻のように細かい文字が並んでいた。


それからの僕は残業が続き、ノートのことをすっかり忘れていた。そうこうしていたある日ふと、靴箱の上に置いたままの料理の本とノートが目に入った。仕事を終えてから、アパートを紹介された不動産屋に行って訳を話し、ノートと本を渡した。

まだ日が落ちたばかりなのに、駅前通りを歩いている人の姿はなかった。そういえば、この土地にある大きな会社も閉鎖して数年が過ぎていた。

月が、星が、雲の合間から輝いている。何億光年も先から流れてくる光に、魂が吸い込まれていくようだ。様々な想いが渦のように、僕の心の内で反響していた。

終わりに

フランスの小説家エミール・エドゥアール・シャルル・アントワーヌ・ゾラ（一八四〇〜一九〇二年）。その作品『居酒屋』『ナナ』に描かれた社会の底辺に生きる人たちは、様々な環境に置かれながらも底知れない精神力を持って生きています。ここに生きる人たちの勇気と精神力に、私は深い感動を持っていました。

どのような国、時代であろうとも、一つの家庭に生まれ育つということは、大変なことなのです。育ててくれた両親に強い影響を受け、それによって子供は成長し、様々な出来事に出合い体験して成長し、人生観を深めていきます。私も、ゾラの作品の登場人物と似たような生活を送りました。

生きることに、ただひたすら生きることに希望を持つことの大切さ、そのほんの一片を一人の女性に投影し、愛の不毛、孤独を陰影もぼかしもつけずに書き上げました。

ささやかな本書が世に出るまでには、多くの方にお世話になりました。朝日新聞出版メディアプロデュース部の皆様には大変お世話になり、温かいご指導をいただきました。心よりお礼を申しあげます。

照山雄彦

照山雄彦（てるやま・ゆうひこ）
立正大学大学院、修士課程、英米文学修了（一九九四年三月）
英米文学研究家、作家

著作

【書籍】

●評論

「E.M. Hemingway, The sun also rise における原始宗教」『比較文化　第二巻』（比較文化研究所編、文化書房博文社、一九九六年十一月）

『ヘミングウェイ「愛」・「生」・「死」そこに求めた至上の精神』（近代文芸社、一九九九年十月）

『大学生のための英作文』（上武出版、二〇〇〇年四月）

『大学生のための英会話』（上武出版、二〇〇〇年四月）

『スコット・フィッツジェラルド　自己愛にみるロマンス』（英宝社、二〇〇四年六月）

●小説

『ひとつぶの幸福を』（鳥影社、二〇〇八年三月）

『虐待を生き抜いた少年　梅の木の証言　見過ごされた極限の家庭内暴力、いじめの実録』（知玄舎、二〇一三年四月、日本図書館協会選定図書）

【小論】

ヘミングウェイ小論『キリマンジャロの雪』（英文學論考、立正大学英文学会編、一九九四年三月）

『フランシス・マカンバーの短い幸福な生涯』について（英文學論考、立正大学英文学会編、一九九七年三月）

『武器よさらば』Michael S. Reynolds の『ヘミングウェイの方法』に関する文学的手法からの考察（東洋文化、足利工業大学東洋文化研究会編、一九九八年一月）
F・S・フィッツジェラルド　『楽園のこちら側』に関する論考（東洋文化、足利工業大学東洋文化研究会編、二〇〇〇年一月）
F・S・フィッツジェラルド　『夜はやさし』に関する論考（東洋文化、足利工業大学東洋文化研究会編、二〇〇一年一月）
その他多数

六《む》つ葉《ば》のクローバー　ひとひらの夢《ゆめ》を

2024年9月30日　第1刷発行

著者・発行者　照山雄彦
制　作　朝日新聞出版メディアプロデュース部
発　売　朝日新聞出版
〒104-8011 東京都中央区築地5-3-2
電話 03-5540-7669（制作）
03-5540-7793（販売）
印刷・製本　中央精版印刷株式会社

ISBN978-4-02-100316-5

定価はカバーに表示してあります。